池波正太郎 粋な言葉

里中哲彦

夕日書房

はじめに

池波正太郎は一九二三年（大正十二）に東京の浅草で生まれた。

生きていれば、二〇二三年（令和五）で百歳になる。

急性白血病で亡くなったのは一九九〇年（平成二）、六十七歳だった。昭和をまるまる生きた人として記憶してほしい。

昭和は「激動」というにふさわしい時代だった。震災や戦災だけでなく、幾度となく人災にも見舞われた。

正太郎の身にも不幸は降りかかった。

幼いころに両親が離婚し、いっときは祖父母に育てられた。父とはのちに再会を果たすが、父が住所を明かさなかったので死に目にも会えなかった。

小説家を名乗るようになってからも、すぐに大輪の花を咲かせることはなく、直木賞には落選しつづけた。六度目にして受賞したが、しばらくは鳴かず飛ばずの日々をすごした。

いやおうもなく「生きる力」を涵養せざるをえなかった。といって、喧嘩腰で人生と向き合ったのではない。正太郎にとっての「生きる力」とは、ひとことでいえば「工夫する」ことだった。それが正太郎をして〝粋《いき》〟につながった。

粋とは、たんに気どることではない。

正太郎の粋は、世間の人が考える粋とはだいぶ趣を異にする。正太郎はいくつもの〝禁止〟を自分に申し渡したが、そうした内面の倫理が「工夫」となって生活のなかにあらわれたとき、粋なるものがほのかに立ちのぼるのだった。

私がはじめて正太郎の文章に接したのは『青春忘れもの』という小さな本だった。そのときの感触は、鉱脈を探りあてた山師のときめきとでもいうべきものであった。「生きることのおもしろさ」を文章ではじめて感じたのだった。

なにより私が興味をもったのは、正太郎の「些事《さじ》をおもしろがる能力」の高さである。人生の妙味はこんなところにあったのかと気づかされて、ほほ笑みながらもまぶしく眺めたのだった。

正太郎は小説や随筆でみずからの見識をあまた披瀝しているが、それがたんなる情報や知識の範疇にとどめていないのが非凡というものだろう。ちょっとした工夫を添えることで、知見は生活知として味わい深いものになった。

深刻ぶるな。工夫せよ——それが正太郎の人生態度だった。

小さな工夫はそれこそ日常の細部にまで及んだが、あるものは箴言《しんげん》的に屹立《きつりつ》し、またあるものは励ましの特効薬や慰めの妙薬になって読者の心に宿った。

本書では、正太郎の書いたりしゃべったりした言葉を引用しながら、正太郎が身につけた「粋な人生」を眺めてみたい。なるほどねえ、と思われるものにひとつでも出会えたら、案内人としてこれほどうれしいことはない。

里中哲彦（さとなか・てつひこ）

池波正太郎　粋な言葉　◎

目次

第一章　人生へ見参《けんざん》する

第二章　工夫《くふう》を愉しむ

第三章　人間《じんかん》を生きる

第四章　作法《さほう》を身につける

池波正太郎　粋な言葉

＊文中の『…』は書籍・映画、「…」は小説作品、〔…〕は随筆を、それぞれあらわしています。
＊巻末の参考文献には、池波正太郎の作品は載せていません。

第一章

人生へ見参《けんざん》する

◇ものの見方ひとつで、人生は悲劇にも喜劇にもなる

人生はつらく苦しい。苦難と葛藤で満ちており、煩雑と面倒であふれている——もしこのような考えにとらわれているとしたら、あなたは自分でつくりあげた妄想の犠牲者になりかねない。

この世の中には幸福な人と不幸な人がいる。あの人は幸せの星のもとに生まれつき、自分は不幸の星のもとに生まれついた——かりにこうした思い込みを持っているとしたら、あなたの人生はまだ始まっていないのかもしれない。

幸福学という学問がある。そこでは、「幸福は、財産ではなく、思考のあり方で決まる」ということをわたしたちに教えている。幸福な人は自分で自分を幸せにしているし、不幸な人はみずからを不幸だと思い込むような心の態度をとっているというのだ。

「世の中とは自分の心を映しだす鏡だ」という人もいて、次のような寓話《ぐうわ》を紹介している。

ある寺院に鏡が千もある大きな広間がありました。ある日、一匹の犬がこの広間に

迷い込みました。見ると、無数の犬が自分のほうを見ています。なんだ、こいつら！　その犬は鏡の中の犬に吠えかかりました。すると鏡の犬たちも同じように歯をむき出してうなり返したのです。そこで犬はもっともっと怒り狂って吠えました。それを繰り返しているうち、ついに疲れ果てて死んでしまいました。

しばらくして、別の犬がこの広間に迷い込んできました。そして、前の犬と同じように鏡の中の犬を見ました。うわあ、なんてたくさん仲間がいるんだろう。喜んだその犬はうれしそうに尻尾をふりました。するとどうでしょう、鏡の犬も同じように尻尾をふって歓迎してくれたのです！　すっかり気をよくしたその犬は意気揚々と広間を去っていきました。

（ベルベル・モーア『星からの宅配便』）

わかりやすい譬《たと》え話ですね。

敵意には反感が、愛情には好意が返ってくる。表情は心の窓で、あなたを取り巻く世界はあなたの内面世界を投影しているというのだ。

世の中は自分の心を映しだす鏡である、と考えるのはひとつの知恵である。

不機嫌な顔をしていれば周囲はたちまち不快な雰囲気につつまれてしまうし、上機嫌でいればしぜんと穏やかで柔和な人があつまってくる。

《世の中は、何事も物の見方ひとつで、白であったものが黒になるし、善も悪となり、悲劇も喜劇となってしまう》

（『池波正太郎の映画日記』）

世界はあなた自身の投影である。だから、自分を取り巻く世界を変えたいと望むのなら、世界を見るあなた自身を変えてしまえばよい。

人生を数十年もやっていればわかることだが、なにかと周囲に誇示し見せびらかし、羨望や嫉妬の波紋をたしかめ、優越感を味わって得られる幸福は長続きしないものだ。

世の中の色合いを変える最も有効な方法は、自分自身を変えることである。世界が何であるかを決めるのはあなた自身なのだ。これこそ正太郎が、これから人生へ見参《けんざん》しようとする者たちにくりかえし述べた「人生への構え」である。

わたしたちは思考の良き操縦士にならなくてはいけない。

◇小さな幸福しかないのだよ

人生の悲劇とは何か。

かのアルバート・シュヴァイツァー博士はこう述べている。

「人生の悲劇とは、生きているのに、その人間の内側で死んでいることだ」

なるほどね。

では、よき人生とはどんな人生か。

それは幸福感に満たされた人生であろう。

正太郎は大上段にかまえて「幸福」なるものを定義したことがない。おそらく、むやみに幸福を追求することは不幸の原因である、ということを知っていたからだろう。

《人間という生きものは、苦悩・悲嘆・絶望の最中《さなか》にあっても、そこへ、熱い味噌汁が出て来て一口すすりこみ、

(あ、うまい)

と、感じるとき、われ知らず微笑が浮かび、生き甲斐《がい》をおぼえるようにできている。大事なのは、人間の躰《からだ》にそなわった、その感覚を存続させて行くことだと私はおもう》

（〈私の正月〉『日曜日の万年筆』）

あらゆる幸福は、日常にひそむささやかなものに宿る。熱い味噌汁がうまいと感じたら、それを素直な気持ちで喜ぶ。そんなふうに小さな喜びを連続させていくのが正太郎のやり方である。

私の欠点は「人を喜ばせることが好き」という点であった。なぜそれが欠点か。それはささやかなことで肝心な自分自身を喜ばせることを知らなかったからだ。

山本夏彦（エッセイスト）は「私は人生は些事《さじ》から成ると見ている。些事にしか関心がない。些事を通して大事に至るよりほか、私は大事に至りようを知らないのである」（『戦前」という時代』）と述べているが、これなども正太郎の幸福観につうじるものがある。

幸福とは天与の恵みではない。現象に対するわたしたちの心的態度である。つまり、幸福は、出来事それ自体ではなく、心の持ちようによって決められる。幸福は心の裡《うち》にあるといってよい。

《「生きておりますことは、たのしいことでございますな」
「さよう。たのしい、うれしいというこころもちを死に急ぐ人びとが感ずることもふしぎじゃ。なればこそ、おれはな、その日その日を相なるべくはたのしゅう送りたい。一椀の汁、一椀の飯も、こころうれしゅう食べて行きたい」》
（『おれの足音』）

これは小説の一節であるが、正太郎の、人生に向き合う姿勢が如実にあらわれている。些事をいつくしむ。これが人生を悲劇にしない知恵である。

「一日中つまらなかったというのは、一年のうちに二日か三日ですね」

正太郎はこう語っている。

幸福は、遠くにあるものでも、誰かが運んできてくれるものでもなく、自分の心の中にあると正太郎は考えた。小さな喜びをあちらこちらに見いだすことができれば、その人は間違いなく幸福なのである。

◇「性弱説」で人間を眺める

人間は元来、よい性質をもった生きものであろうか。それともあくどい生物であろうか。

これに関しては、人間の本性は善だとする性善説（孟子《もうし》）と、悪にちがいないとする性悪説（荀子《じゅんし》）に分かれる。どちらの説もなるほどと思うが、自分の心をじっくり眺めると、やはり性悪説に軍配をあげざるをえない。

直木賞を受賞した翌年（一九六二）、三十八歳の正太郎は「色」（『上意討ち』所収）という小説を書いている。

この短篇は新選組の副長・土方歳三《ひじかたとしぞう》を主人公にしたものだが、「鬼」と異名をとった壮烈な男の生涯を、先行作品とはまったく違う観点から眺めている。

土方歳三といえば、冷酷無比の剣士との印象がある。くわえて、腹の底が知れないような不気味さもある。小説や映画ではおしなべてそんなふうに描かれている。生きる姿に、風趣なるものが感じられないのだ。

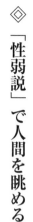

新選組は、妻女や〝色〟に翻弄されないことによって、その非情ぶりは際立っていた。

なかでも土方歳三と色恋はまったく無縁のように思われていた。

そんな歳三のかたわらに、ひとりの色女（お房）が配された。おそらく「色」は土方歳三の恋を扱った最初の小説だろう。

「あの土方って人の彼女は、京都の、大きな経師屋《きょうじ》の後家さんだったんだってねえ」

あるとき、正太郎の母・鈴《すず》が、何気なくこう洩《も》らした（経師屋というのは、経巻、書画、屛風などを表具する職人のいる店のこと）。

このひとことがきっかけとなって、正太郎は土方の〝色〟にがぜん興味をもった。

母親から知っている話のすべてを聞きだすと、土方の日々の暮らしぶりと心の裡に想像をめぐらせた。遺《のこ》された〔豊玉発句集《ほうぎょくほっくしゅう》〕という句帳を手に入れ、それを丹念に読み込んだ。そして、ついに「しれば迷ひ、しなければ迷はぬ恋の道」という句を発見する。

小説「色」には、女のまえで弱さを見せる土方歳三がいる。進退きわまると、土方は泣くような甘え声になって、「もういかん。もう何も彼も、駄目《だめ》になってしまったよ」とすがりつく。

「おれは、お房《ふさ》に惚《ほ》れていたのか……だが、事ここに至って尚《なお》、女のなぐさめの一言を聞きたかったおれは、情ない奴であった」

こう自嘲する。

正太郎の描く土方歳三は、自分の弱さを自覚しつつも、弱い自分をきびしく叱咤する侍《さむらい》である。ところが、である。これによって土方は弱々しく見えるどころか、女を借景にして巨《おお》きくなってゆくのだった。

人は剛胆に見えても、か弱いところがかならずある。正太郎はこのことを確信した。これよりのちの正太郎は、日々の暮らしぶりから等身大の人物像を射止めることに心を砕き、その人物の弱さを透徹の眼で推し量るのだった。

いわばそれは「性弱説」の立場に依拠するものであった。

人間性弱説に立つことによって、正太郎のフィクションはリアルなものになり、歴史上の人物は身近なものに感じられるようになった。これは歴史小説史に残る発見であった。

余談をいうと、司馬遼太郎もまた、新選組の〝弱さ〟に注目したひとりであった。『新選組血風録』のなかで、新選組が秋霜《しゅうそう》のようにきびしい隊規をもったのは、近藤勇と土方歳三が「人間の性は臆病であることを知りぬいていた」からだと推断している。

性弱説の立場から人物を眺めてみると、それまで疑問に思っていたことが、なるほどと腑に落ちることが多々ある。

これに「性愚説」(＝人間マヌケ説)を加えれば、ほぼ万全ではあるまいか。

◇上機嫌をよそおってみよう

『剣客商売』は正太郎の代表作である。数ある作品のなかでも、このシリーズが「読んでいていちばん心地よい」という読者が私のまわりにもけっこういる。

聞けば、秋山小兵衛《こへえ》という老いた男の「理想」が描かれているからだという。まわりには慕《した》ってくれる人がたくさんおり、ひとり息子は教えどおりに成長していき、傍らにはなんと四十も年下の若い伴侶《はんりょ》がいる。とりわけ男性諸氏は、老いたら自分もこんな生活をしてみたいと思っている様子だ。

美人で清楚で可憐――こんな若妻を持つことに男たちは憧れている。しかるに、小兵衛の妻・おはるは、そのどれにもあてはまらない。

《髪を手ぬぐいでおおい、襷《たすき》がけのおはるがむっちりとした二の腕まであらわし、化粧の気もない桃の花片のような顔へうす汗を滲《にじ》ませ、舟をたくみに漕《こ》いで行くのを、行き交う舟の船頭どもが呆気《あっけ》にとられてながめた。

「なるほど、ふむ……」

しきりにうなずいた秋山小兵衛が、

「お前の船頭ぶりは、まさに本物じゃ」

あながち世辞でもなく、ほめてやると、おはるが、何やらうらめしげに小兵衛を見て、

「あたし、ちからが余っているのだよう、先生」

と、いった。

これには小兵衛も、閉口した》

（「赤い富士」『剣客商売』）


正太郎は、小兵衛の傍らに、しとやかな美女を配さなかった。代わりに、いつも上機嫌の、元気で満ちみちた妻をおいた。目のつけどころがいい。ここに正太郎の、人の世を看取する洞察眼が光っている。

巷間、上機嫌は軽視されがちだ。それどころか、上機嫌はものを深く考えない無邪気な人たちのものだと思われている。どちらかといえば、不機嫌のほうが人気がある。深刻ぶっていれば、威厳や知性を感じさせるからだ。

おはるは、隔てをおかず、誰にでも機嫌よく接する。やわらかな人柄で、相手の気持ち

をなごませる。気持ちを切り替えるのも上手で、気分をそこねてもくよくよ悩んだりしない。不機嫌をかこつことがなく、「あい」と返事をするや、すぐに元気をとり戻す。

上機嫌を珍重すべし。それは砂の中の金のようなものだから。

とはいえ、おはるの機嫌のよさは、持って生まれたものではない。

おはるは、貧しい小百姓の娘で、苦労人である。「まず微笑」や「にもかかわらず上機嫌」は、生きていくうえで身につけた知恵である。

それにつけても、不機嫌な伴侶との生活はなんとも重苦しい。ぼやき、ひがみ、そねみ、ねたみ、いじけ、すねる。こうした妻（夫）との日々はたまったものではない。

小兵衛のたたずまいに余裕《ゆとり》や自在が感じられるのは、おはるの上機嫌があったからこそである。

上機嫌は美質である。なぜというに、上機嫌は空気をなごませ、発想を自由にさせ、ものごとを好転させるからだ。おはるをつうじて、「上機嫌の力」を読者に気づかせたのは、作者・正太郎の大きな手柄である。いうまでもなく、上機嫌のおはるは、たくさんの人に好かれた。むろん、読者もおはるに好意をもった。

ところがである。おはるは小兵衛を残して、先に死んでしまった。

どうやらおはるは天にも好かれてしまったようである。

◇「制約あっての自由」だよ

「のっぺらぼうの自由」なんてものがあるだろうか。

自由は人間の権利であるが、他人と共同生活をいとなんでいる以上、いかなる代償も払わぬ自由はない。

法律や道徳など、なんの束縛もない社会はありえない。あったとすれば、それは放恣《ほうし》あるいは放埓《ほうらつ》というもので、みんなが好き勝手をやっているのであるから、それこそ迷惑きわまりない不自由な社会であるはずだ。秩序のない社会にあって自由を満喫するなど、それこそ駱駝《らくだ》が針の孔《あな》をとおるより難しいと知るべきであろう。

世界人権宣言の第一条では「すべての人間は、生れながらにして自由であり、かつ、尊厳と権利とについて平等である」とうたっているが、これは現実でない。願望を述べているだけだ。

じっさいの人間社会は不平等であり、自由でも平等でもない、ということをわたしたちは知っている。いや、生まれながらにして身動きのとれぬほど自分の運命が決定されていると感じている。早い話が、出自も性別も容貌も自分では選べないし、才能も資質も自由にはならないのだ。

《人間は生きものだ。生きものであるかぎり、自由の幻想はゆるされない。自由とは、不自由があってこそ成立するものなのだ。
野生の動物たちの生態を見れば、おのずから、それを知ることができよう。彼らは、研《と》ぎ澄まされた本能と感覚によって、自分たちの世界と子孫の存続をはかるため、きびしい掟《おきて》をまもりぬいている。
その上で、草原を走る自由が得られることを、よくわきまえているのだ》
（「収支の感覚」『日曜日の万年筆』）

詩のように選び抜かれた言葉で、自由というものの本質を射抜いている。見事な一節ですね。
不自由のなかに自由を見いだすのが幸福の原理であるというのである。
考えてみれば、不自由の自覚に突き当たらない限り、人間は自由の感触を得られないようだ。

わたしたちが自由を実感できるのは、法意識や道徳律から解き放たれたときではなく、そうしたもろもろの「制約」のなかで充実感を得たときである。

相撲《すもう》を考えてみよう。さまざまな相撲の妙技は、あの狭い土俵があったからこそ生まれたのである。もしも、だだっ広い、直径二十メートルもあるような土俵であったならば、あのような美しくも緊張をはらんだ瞬間を生みだすことはとうていできなかったであろう。あるいは俳句や短歌の定型を見るといい。自由律にすれば自由になると思うのは浅はかである。それが証拠に、自由律は魅力もなければ人気もない。

正太郎は「制約」をおもしろがっているところがあった。それどころか、たくさんの禁止をみずからに申しつけ、その不自由さのなかに愉楽を見いだしていた。

制約があってこその自由――これが池波正太郎の「自由」に対する見立てである。

司馬遼太郎は、そうしたきまりをつくって窮屈そうに生きている正太郎を評して、「見えない手製の鳥籠《とりかご》のような中に住んでいた。いわば、倫理体系の代用のようなものといっていい」(「若いころの池波さん」『以下、無用のことながら』)と述べたことがあるが、そうした心配をよそに、正太郎の心の中では、いつものどかな微風が吹いていていた。

◇信用するのは「一個人が表現しているもの」だけ

池波正太郎、司馬遼太郎、藤沢周平――この三人の時代小説家に共通するのは、いずれも「憂国の人」であったが、戦争を機に思想イデオロギーを信じなくなったということである。

思想とは「正義の体系」にほかならない。そして、思想とは虚構である。

司馬遼太郎の『項羽と劉邦』に次のような一文が見える。

「人類は、その後も多くの体系を創り出し、信じてきた。ほとんどの体系はうそっぱちをひそかな基礎とし、それがうそっぱちとは思えなくするためにその基礎の上に構築される体系はできるだけ精密であることを必要とし、そのことに人智の限りが尽くされた」

思慮深い大人の見方ですね。

思想は、高度の論理的結晶化を遂げるところにその栄光がある。

昭和という時代をふりかえってみよう。政治は「正義」の大義をふりかざし、思想は「論理」の衣裳をまとった。勤倹尚武《きんけんしょうぶ》、皇国史観、八紘一宇《はっこういちう》、昭和維新、左翼思想、進歩主義——こうしたイデオロギーが声高に叫ばれた。
戦後の正太郎は、大衆を煽動しようとする動きには、つねに警戒心を怠らなかった。人は内容の是非より、それをいう人数の多寡《たか》に左右されるということを身をもって知っていたからだ。

《私は、政治や経済のうごきについては、ジャーナリズムを信用しない。できない。
これは、終戦のときの、一夜にして白が黒となり、黒が白となった衝撃が尾を引いているからだ。
私が信用するのは、自分の眼でとらえた「一個人が表現しているもの」のみである》
〔還暦に思う人生〕『作家の四季』〕

戦争前夜、軍国青年たちは、仲間を鼓舞し煽動した。ジャーナリズムも大衆を煽《あお》った。絶対に正しいものなんかない——このことは、終戦を境目に急転回したジャーナリズムのいい加減さ、無節操ぶりをさんざん見せつけられてきた世代が否応なく身につけた「教養」である。現代に生きるわたしたちも、ネット上の煽情にはよくよく気をつけたほうがいい。

「完全な軍国主義者」であったという藤沢周平は、級友をアジって一緒に予科練の試験を受けさせたことを悔やんでいると告白し、「以来私は、右であれ左であれ、ひとをアジることだけは、二度とすまいと心に決めた」と自戒している。また、それを悔やむ感慨を、藤沢周平は色濃く作品に反映させている。藤沢小説の主人公が仲間や友人を巻き込まず、ひとり静かに意志を固めていくのはそのためである。

正太郎の胸中もこれと似たものだった。どの政治勢力にも加担しなかったし、どの思想にも肩入れしなかった。勃興する権力の驥尾《きび》に付して栄達することを欲しなかったし、口先だけのニヒリスト（虚無主義者）にも、にわかパシフィスト（平和主義者）にもならなかった。

それでも、正太郎は「憂国の人」でありつづけた。あえていうなら、「右であれ左であれ、わが祖国」（ジョージ・オーウェル）という立場をつらぬいた人であった。

観念的な妄言を避け、理論的な思惟《しい》による抽象論は受けつけない。

熱狂を遠ざけ、煽動を忌避する。

生身の「一個人が表現しているもの」だけを信用し、それに対してだけ、自分なりの判断をくだすのだった。

◇世は「正論」だらけ

「正論を押しとおすのは正しい行為であり、反対意見に耳を貸す社交術などというのは偽善である」という人がいる。

果たして、ほんとうだろうか。

経験をもって顧みるなら、「正論」は嫉妬や私利私欲、自分勝手な思い込みや被害妄想から生みだされている場合が意外に多いものである。そうした歪《ゆが》んだ心理の産物を、わずかなはにかみも持たず人前にさらすのは、礼儀をわきまえぬ幼稚な者のすることではないか。そう思ってしまいますね、私は。

相手の言い分をよく聞くという社交術が、人間交際における重要な教養であると気づかされたのは、『ゲーテとの対話』（エッカーマン）を読むようになってからである。山下肇の訳文を、自分流に要約して書いてみることにする。

ゲーテの学徒であるエッカーマンは次のように問う。

――私は他人とのつき合いのなかに、個人的な好き嫌いを持ち込んでしまいます。自分の好きな人には喜んで献身しますが、その他の人とは何の関係も持ちたくありません。

これに対してゲーテはこう応じる。

――自分の持って生まれた性格を克服しようとしないなら、そもそも教養は何のためにあるのか。私は他人を自分に同調させようなどというバカげた考えを持ったことがなく、人それぞれの独自性を知ろうと努めてきたから、誰とでもつき合えるようになった。性分に合わない人とつき合ってこそ、自制心が身につくものだし、心の中にひそむ未知な側面が刺激されて、人間として完成してゆくものだ。

含蓄のある言葉だと思いませんか。

じっさい他人の意見に耳をかたむけないと、人は自分の考えだけに執着してしまい、結果、自分だけが正しいと信じるようになる。

さらにいうと、正論の人は「人は論理で動く」との思い込みが強くあるようだ。正論が人を従わせるとはかぎらないし、正論は人の数だけ存在するということも頭をよぎらない。むろんのことに、人間は感情の生きものであり、自尊心と虚栄心の塊《かたまり》であるということに気づこうともしない。こうして批判にさらされない正論は仲間うちでますます尖鋭化して、大衆の感情や心理と乖離《かいり》してゆくのである。

ある小説にこうある。

《人の世の中というものは、そのように、はっきりと何事も割り切れるものではないのだよ。何千人、何万人もの人びと。みなそれぞれに暮しもちがい、こころも躰もちがう人びとを、白と黒の、たった二色で割り切ろうとしてはいけない。その間にある、さまざまな色合いによって、暮しのことも考えねばならぬし、男女の間のことも、親子のことも考えねばならぬ。ましてや、天下をおさめる政治《まつりごと》なら尚さらにそうなのだ》

(『その男』)

正太郎は、頭でっかちの人たちによる全体主義や進歩主義といった〝正論〟をいやというほど聞かされてきた世代の人であり、そのときにどんな人がどのような態度をとったかということをつぶさに見てきた怜悧《れいり》な観察者であった。

その正太郎がいうのである。

ものごとを、白と黒の二色で塗り込めてはならぬ、と。

◇煽動するジャーナリズムは信用しない

一九四一年（昭和十六）の十二月七日（日本では八日未明）、日本軍はハワイの真珠湾を奇襲した。憎っくきアメリカをやっつけたのだ。日本中が沸き立ち、国民は欣喜雀躍してこのニュースを伝えあった。

うっぷんが晴れ、溜飲《りゅういん》がさがった。一九四二年（昭和十七）には、次のようなスローガンを掲げ、米英の消滅を祈願した。

〈日の丸で埋めよ倫敦《ロンドン》紐育《ニューヨーク》〉

〈米英を消して明るい世界地図〉

だが、それも束の間、それからの戦いは無残の一語に尽きた。

勝利だけを信じるお題目が唱えられるなかで、冷静な眼で世の中を眺められる人は稀有《けう》だった。二十歳の山田誠也（のちの作家・山田風太郎）は、当時（一九四二年）の日記にこう記している（十一月二十六日）。

「日本は、果してこの戦争の終局に勝つであろうか？　余りに冷やかな眼をこの祖国の命運をかけた大戦争に注ぐことは責められてしかるべきであるが、勝たねばならぬ、勝つにきまっているという単純な断定は少くとも自分を昂奮させない。〈中略〉日本は、世界史に未だ曾《かつ》てない唯一の犠牲的民族となることによってのみ、永久に輝かしい不滅の名を以て想起されるのだ」(『戦中派虫けら日記』)

「勝つにきまっている」とひたすら唱える国民に山田青年は懐疑の目を投げかけている。

それにしても、ア然とさせられるのは戦後日本の変節ぶりである。その舌の根も乾かぬうちに、英米を歓喜して迎え入れ、神棚にあげて、ひれ伏した。

憎悪はすぐさま親和に変わった。この変わり身の早さは世界史の教科書には記載されないだろうが、日本精神史には特筆すべき事柄である。

このとき、「一夜にして白が黒となり、黒が白となった衝撃」を受けた正太郎は、以後、大衆を煽るスローガンやその先導に立つジャーナリズムを信用しなくなった。

とはいえ、日本国民が変わらなかったものがひとつだけある。

それは「念力主義」だ。

願えば実現する。祈れば成就する。これを「念力主義」という。呪術やまじないに頼る心は人類がもつ原初的なものであるが、近代国家がこれを信奉してはいけない。

戦前の神州不滅の思想も、戦後の平和主義も、望めばかなえられるという念力主義に基づいている。

わたしたちはいま「反戦」「自由」「民主」を唱えている。ガンの撲滅を祈願すればガンはなくなると考えるのと同じように、平和を願えば平和がくると信じている。もはや「心の内なる問題」として平和を信仰しているのだ。いうならば、これは「平和教」という宗教ではないのか。

真の平和主義者なら、戦争と侵略のメカニズムを徹底的に研究しなければならないだろうし、外交と軍事の関係を歴史的な見地から微細に検証するのを不可避とするはずだ。

ところが、戦争を口にするから戦争が起こるのだという風潮がいまだに強く、「戦争の研究をしている」などといえば、「平和の敵」だといわれかねない。あれだけの悲惨な戦争を体験しながら、戦争を分析することに不熱心で、どうして悲惨な結果を招いてしまったかについてはかたくなに不勉強をきめこんでいる。

平和は万人の願いである。だが、平和思想は平和を保障するとはかぎらない。日本は戦争を放棄しているというが、だからといって戦争が日本を放棄してくれるのか。

残念ながら、わが祖国はいまもなお念力主義という病いにおかされている。その重篤《じゅうとく》ぶりは目を覆いたくなるほどだ。

◇「ふつう」を生きる

勢古浩爾さんの『ぼくが真実を口にすると　吉本隆明88語』という本によると、吉本隆明（思想家）は若き日のノートに、「僕は、生れ、婚姻し、子を生み、育て、老いたる無数のひとたちを畏れよう。僕がいちばん畏敬するひとたちだ」と記しているそうだ。

その生活思想は変わることがなかったようで、四十六歳のときには、「結婚して子供を生み、そして、子供に背かれ、老いてくたばって死ぬ、そういう生活者をもしも想定できるならば、そういう生活の仕方をして生涯を終える者が、いちばん価値がある存在なんだ」（〈自己とはなにか〉『敗北の構造』）と書き述べている。

いうなれば、ふつうの人生をふつうに生きることができるなら、それが最も価値ある人生であるというのである。果たしてこれは、ありがたがるほどの言葉だろうか。「こんなのふつうじゃないか」となんの興味も示さない読者もいるだろう。

しかし、齢《よわい》を重ねたいま、私は吉本のこの言葉にしみじみとうなずいてしまう。

正太郎は次のように書いている。

《人間の機能は、まだ原始のころからの形態から少しもぬけ出てはいない。新鮮な水と空気を必要とし、食べてねむり、排泄し、交接し、子を生み、育てるという古来からの形態から一歩もぬけ出してはいないのである》

〈駿河路〉『食べ物日記』

また、『さむらい劇場』という小説のなかで、ある和尚にこういわせている。

「人というものは、物を食べ、眠り、かぐわしくもやわらかな女体を抱き、そして子をもうけ、親となる……つまり、そうしたことが渋滞なく享受《きょうじゅ》出来得れば、もうそれでよいのじゃ。しかし、それがなかなかにむずかしい。むずかしいがゆえに世の騒ぎが絶えぬ」

吉本隆明の言葉に似ていないだろうか。

こう書いた正太郎は四十四歳だった。三十六歳のときの作品「秘図」には、早くも「喫飯、睡眠し、交りをすることが人間の暮しだ」との一文が見える。

どうしてこんな「あたりまえ」のことに二人は価値をおいたのか。

正太郎（一九二三年生まれ）と吉本（一九二四年生まれ）は同世代である。さまざまな価値を一変させた戦争というものを経験している。

二人には、人間は状況しだいで何をしでかすかわかったものではないという共通の認識があった。人間は食うに困ったら盗みをはたらき、自分や家族を守るためには他人を裏切る。ふだん口では偉そうなことをいってはいても、せっぱつまればあくどいことをやる。二人は、そうした人間の弱さ、狡《ずる》さを知っていた。

彼らのいう「ふつう」とは何か。

それは、悪に手を染めることのない、他人を蹴落とすことのない平安な暮らしのことである。そうした「あたりまえ」のことができている日常が「ふつう」なのである。でも、それは容易なことではない。ひとたび戦争や災害に遭遇し、状況が一変すれば、人間もまた豹変してしまうからだ。「ふつう」とは、そうしたことを踏まえたうえでの、祈りにも似た最高価値なのである。

さて、正太郎は歴史上の人物のなかで誰がいちばん好きと問われて、播磨赤穂藩《はりまあこう》の筆頭家老・大石内蔵助《くらのすけ》だとこたえている。だから、むろんのことに小説仕立てにして、その生涯を追っている。

そこでは、「ふつう」を切望しながらも、ついに「ふつう」を生きられなかった男の一生があざやかに彫琢《ちょうたく》されている。小説『おれの足音』、ぜひご一読を。

◇風致が損なわれると人心も荒廃する

自然界には直線がない。

山川草木や花鳥風月のどこにも直線は見あたらない。

しかし、文具や家具をはじめ、わたしたちのまわりは直線だらけである。

直線の世界で暮らしていると疲れる。そのためであろうか、曲線やデコボコなものを身近におくとほっとする。わたしたちの身体はひょっとすると、直線でないものを本能的に欲しているのではないか。

詩人・劇作家にして外交官だったポール・クローデルは次のような一文を残している。クローデルはフランス人で、一九二一年（大正十）に駐日フランス大使として来日、一九二七年（昭和二）まで滞在している（途中、一年ほど休暇で帰国）。

……日本人は自然を服従させるというよりも、自らがその一員となること、自然がとりおこなうさまざまな儀式に参加することへと向かいます。自然を見つめ、それと同じことを繰り返し、自然がもつ言葉と自然の衣裳を補い完全なものにしてやる。日本人と自然とは同時に生きているのです。人間と自然との間にこれほど密接な理解が存在し、これほど明瞭にお互いがお互いの刻印を宿し合っている国はありません。

（ポール・クローデル『朝日の中の黒い鳥』）

当時の日本人にしてみれば、自分の目や鼻がどうしてそこにあるのかという説明を聞かされているように感じたかもしれないが、いまやそうした日本人はどこかに消えてしまった。

日本経済は国民をつねに消費への渇望におくという操作をつうじて、自然がもたらす風致や情趣をあとまわしにしてしまった。国土の美観は利便性や収益性の背後に追いやられたのである。

人間の精神は、人間関係だけでなく、風景との関係において培われるとの発想も失われた。こうして、それまでとは違う日本人が出現した。

《情趣をともなわぬ風景の中に暮していれば、当然、人間の心にも情趣が失われる。

高度成長と機械文明に便乗し、際限もない、そのひろがりに慣らされてしまった私

どもは、いずれ近いうちに、高い付けを突きつけられるだろう》

（「絵を描くたのしみ（下）」『日曜日の万年筆』）

自然はわたしたちにどんな影響をもたらすのか。

風致が壊されることによって人心は荒廃する、と正太郎はくりかえし述べた。日本は四季折々の豊かな自然に恵まれた世界有数の国である。

山川草木は季節によってさまざまなたたずまいを見せる。

四季の移ろいが日本人の美意識と深く結びついていることはいまさらいうまでもない。一瞬一瞬がかけがえのない時間として、いとおしいという美意識の基調をなす「もののあわれ」や「無常観」という感性を育んだのも、穏やかな四季の移り変わりがあったからであろう。それればかりか、心の平穏さえも、わたしたちは自然が織りなす四季の移ろいのなかに見いだしてきたのである。昨今、心身におけるさまざまな病気との連関性が指摘されるようになったが、あまりにも遅すぎたといわざるをえない。

日本人はなんでもかんでも大挙して直線的にものごとを推進してしまう傾向がある。ものによっては、くねくね曲がりながら漸進《ぜんしん》的に目標に向かうほうが、人心の荒廃を最小限に食い止められるということにそろそろ気づいたほうがよい。

◇余香にひたる散歩

人びとが散歩をするようになったのはいつごろからだろう。いまでは「散歩が趣味」という人がそこらじゅうにいるが、庶民が散歩をするようになった歴史は意外と浅い。

一八八〇年（明治十三）の上野《うえの》界隈の様子を描いた森鷗外の『雁《がん》』には、〝散歩〟の文字が見える。また、一八八五年から一八八六年にかけて書かれた坪内逍遥《しょうよう》の『当世書生気質』には「運動のため散歩《サンポ》をなさん」とあるし、福澤諭吉の自伝（一八九九年、六十二歳ごろの口述筆記）には、早朝の「散歩」を日課にしていることを明かしている。どうやら明治ごろから「散歩」が徐々に広がったようである。

散歩には健康増進のための「ウォーキング」なるものと、これといった目的を持たない「ぶらぶら歩き」の二つがあるが、ここでは後者のみをあえて散歩と呼びたい。

大佛次郎《おさらぎ》の随筆〈散歩について〉によれば、江戸時代、ぶらぶら歩きなどは「はしたないことで、してはならぬ行儀」であった。

そもそも散歩なるものは、近代になって西洋人が持ち込んだものである。身分制度が厳としてあった江戸時代に、大人が昼間からよその町をぶらぶらうろつくなどとは考えにくいものだ。それどころか、ぶらつくこと自体、「犬川」(犬の川端歩き)と呼ばれ、無用のことであると蔑視されていた。

大佛次郎は、次のように書く。

「日本の武士で町によくぶらぶら歩きに出たのは、勝海舟である。父親の勝小吉が武士でも本所《ほんじょ》の遊び人だったせいだけでなく、やはり外国人の散歩の習慣に習ったのである」

どうやら遊び人、隠居老人、高等遊民たちが散歩を始めたようだ。

そこへ永井荷風の『日和下駄』があらわれる。

一九一五年(大正四)のことだ。べつだん用もないのに東京の路地や空き地や川っぺりをうろうろして、それを詩情豊かに文学作品にまで結晶化させたのである。散歩文学の嚆《こう》矢《し》といってよいだろう。

いうまでもなく散歩は、時間的余裕と精神的ゆとりがないとできない。日本は明治から大正、そして昭和にかけて、だんだんそうした時間をもつことができたのである。

そして、昭和の高度成長期にあって、「町歩き」という散歩を広めたのが正太郎である。

正太郎のぶらぶら歩きにはじつは〝目的〟があった。それは風景の背後に、江戸の幻景《まぼろし》を見るためのものだった。

正太郎の旺盛な散歩は、一九五五年から一九七三年にかけてのいわゆる「高度成長期」と重なっている。ここに注目していただきたい。

東京から江戸の余香が消えてゆく。せめて文章のなかでは、古き良き江戸の風景を書き残しておきたい。そんな想いにかられて、正太郎は東京を歩き始めたのだった。

もとより風景の〝発見〟は、都市社会の成立と無縁ではない。ものの本によれば、ヨーロッパにあっても、風景という概念は近代になって発見されたものらしい。失われることがわかると、ようやく風景は〝発見〟されるのだ。

流転と変貌は都市の宿命である。

正太郎による江戸の風景の発見もまた、東京の近代化のなかで見いだされた。

守られるべき風景は、失われる過程でしか〝発見〟されないのだろうか。

◇約束の時間をまもらぬ人は、相手の時間の大切さをわきまえていない

太宰治は次のように書いている。――「待つ。ああ、人間の生活には、喜んだり怒《おこ》ったり悲しんだり憎んだり、いろいろの感情があるけれども、けれどもそれは人間の生活のほんの一パーセントを占めているだけの感情で、あとの九十九パーセントは、ただ待って暮らしているのではないでしょうか」（『斜陽』）

なるほど。いわれてみれば、そんな気がしないでもない。わたしたちは人間《じんかん》を生きる存在だから、そこには「待つ」と「待たされる」関係がいやおうなくあるはずだ。それにしても、九十九パーセントとは、いささかがっかりさせられますね。

三島由紀夫はこう書いた。――新人の辛さは、「待たされる」辛さである（『私の遍歴時代』）。寸鉄のアフォリズムである。

何につけても待たされるのはじれったい。自分ではどうにもならない、あの宙吊り状態をどうしたらいいのだろう。相手からの連絡を待っているときのあの重苦しい時間。あるいは待ち合わせのときのイライラする時間。気持ちは落ち着きを失い、心は千々《ちぢ》に乱れる。

おのれの無力を感じることしきりである。こればかりは何度経験しても慣れることがない。新人という下位者は待たされてばかりだ。

しかし、年をとると、新人のころの自分を忘れて、人を待たせて平気な人がいる。なかには「忙しくて困っちゃうよ」などといいながら、大物ぶってわざと待ち合わせの時間に遅れてくる者がいる。貫目《かんめ》のある人間がやることではない。

正太郎は時間にやかましかった。相手が遅刻でもしようものなら、とたんに不機嫌になった。約束の時間にあらわれなかった編集者にはすかさずカミナリを落とした。遅刻者を待っているときの正太郎の顔は、たいそうにんがりとしたものだったらしい。

ある座談会（出席者は井上ひさし、長部《おさべ》日出雄《ひでお》、池波正太郎）に、井上ひさしが五十分も遅刻したため、口をきいてもらえなかったとのエピソードがある。じっさい正太郎は長部日出雄にしか話しかけなかった。

山口瞳（作家）との対談では、こんなふうに語っている。

《池波　しかし、ぼくらにとっては、あたりまえの話なんだよね。その〝あたりまえ〟を、平気で無視する連中が多すぎるんだ。たとえば、約束の時間に、もう堂々と遅れてくる。それが何度も何度もだ。あの神経、山口さん、わかりますか。

山口　わたしも、ふしぎでしようがない。
池波　きょうだって、二人とも定刻の二十分前にきているものね。
山口　いえ、わたし、きょうは二十分前に三分遅刻いたしました（笑）》
（「われら頑固者にあらず」『江戸の味を食べたくなって』）

遅刻してくる人は、相手の時間を盗む〝時間泥棒〟である。「約束の時間をまもらぬ人は、相手の時間が、どれほど大切なものかをわきまえぬからだ」（「時間について（二）」『夜明けのブランデー』）と書いてもいる。

しかし、それでも約束の時間をまもらぬ人はあとを絶たない。次から次へと遅刻者があらわれることにうんざりしたのか、正太郎はだんだんつき合いの約束をしなくなった。

その代わりに、のんびり散歩をしたり、絵を描いたり、音楽を聴いたり、映画を見たりする時間を増やした。そうした「ひとりの時間」を存分にとるようになったら、気難しい正太郎の顔もしだいに温和なものになっていった。

◇物の扱いは、人の接し方と同じ

正太郎は、三十一歳のときに、「厨房《キッチン》にて」という小説を書いている。小説家として身を立てようとして意気込んで書いた作品である。それまでに小説らしきものはいくつか書いていたが、本人によれば、この小説こそが「本当の処女作」である。

処女作や初期作品にはその作家の潜在的資質が露骨にあらわれるというが、正太郎の場合も例外ではなかった。

《やきものってやつは、勿体《もったい》ぶったり気取ったりして扱うと、だんだん気位が高くなってな。こんな茶碗一つでも何万円という値段がつくのさ。もっとも平和な時代ならだがね。だが、俺は、そういうのは厭《いや》なんだ。俺は、きれいだな、好きだな、と思ったものだけ手に入れて、そいつを毎日毎日、せっせと使ってやるんだ。飯も食い、水も茶も飲む、味噌汁《みそしる》も入れる。するとな、いくら気位の高いやきものでも、だんだん親しみ易《やす》い愉快なツラをしてくる》

（「厨房にて」『夢の階段』）

物に対する筆者の思いが率直につづられていて、まことに興味深い。のちにいくつかの随筆で、さまざまな愛用品についての知見を述べたが、物に対する愛情の萌芽が早くも看《み》てとれる。

正太郎は人間だけでなく、物へも格別の想いを寄せた。それが仕事道具とあればなおさらである。

とりわけ万年筆に愛着をもった。仕事を終えると、そのつどペン先を水で洗い、布やティッシュできちんと拭いた。

物と人がそっと心を寄せ合っている光景が目に浮かぶ。大げさにいうなら、物と交信しあっている正太郎のやさしい気持ちが看取される。

私は以前、衝動的に安価な簾《すだれ》を買ってしまったことがある。家に帰って掛けてみると、どうにもしっくりこない。場所をかえて、あちこちに立て掛けてみるものの、どうもまわりと調和しない。いかにもチグハグだ。いらだった私は、その簾をゴミ入れに投げ捨ててしまった。いまからもう三十年も前の話だが、いまだに軽犯罪を犯したような気分から抜けだせないでいる。

わたしたちが物に対してなんの情緒も抱かなくなったら、物はたんなる無味乾燥な物体でしかない。これではなんとも侘《わび》しすぎる。

こんな生活態度ではいけないと思い、身のまわりの物を、磨いたり、継いだり、研《と》いだりするようになった。すると、いつしか愛情を感じるようになった。日ごろ持ち歩いているカバンなどは、同行してくれることのいとおしさを感じるようになったから不思議である。いまでは万年筆のペン先は小まめに洗い、ちびた鉛筆は死化粧のつもりでちゃんと削ってさよならをする。

物の扱いは、人間の扱いとつながっているような気がする。物を粗末に扱う人間は、他人の気持ちに対しても粗雑に扱うのではないか。勝手にそう思うようにした。

生活のうるおいとは、欲しい物を手に入れることでなく、手に入れた物をいつくしむことかもしれない。このようなことをはじめて考えさせてくれたのが、先ほど紹介した「厨房にて」の一節だった。

◇意にそわぬことは「しない」

あるファッション雑誌を読んでいて、「ダンディだね」といわれたい男が多いということを知った。写真の俳優は、上等なスーツを着て、バーのカウンターでグラスをかたむけている。通ぶっていて、どこか〝ちょいワルおやじ〟っぽい。これがおそらく「ダンディ」の一般的なイメージなのであろう。

正太郎も、ダンディだといわれた。映画をたくさん見ているから、どんな服が自分に似合うかをよく知っていた。それがおしゃれにつながった。むろん、本人が「ダンディ」だと認めたことはない。正太郎は「これみよがし」や「ひけらかし」が嫌いだった。

ダンディズムは一般に、洗練された身なり、おしゃれ精神、粋な気どりなどを指して使われるようであるが、この言葉の背後には、他人はやっていても自分はやらないというストイシズム（禁欲的な美意識）がある。

みんながしていることでも、自分の意にそわないことは「しない」と言い聞かせる。そうした禁止事項を自分に課すことで、正太郎はダンディズムを身につけていた。

小説や随筆を読むとわかるが、正太郎は「しない」ことをよく書き述べている。

《自信と慢心の差は紙一重である。
反省のない自信は、たちまちに慢心とかわってしまう》
（「明治の剣聖―山田次朗吉」『霧に消えた影』）

正太郎は、自慢をしなかった。自慢話は自分を調子づかせる。そして、それが慢心となって、自分自身を見失わせるのを知っていたからだ。私自身の体験を申せば、耳にした自慢の八割は暗愚に立脚していた。

愚痴もいわなかった。愚痴を聞かされるほうはたまらない。それを察してのことだ。大好きな酒も「悩み事を抱えていたり、屈託していたりするときは、決してのまない」と決めていた。「のんでも、うまくない」からだ。ある大酒のみから「だから、君は、酒の真髄がわからないんだ」と揶揄《やゆ》されることもあったが、それもさらりと聞き流した。

議論することもない。相手のあげ足をとるなどもってのほか。自分の意見を短くいうにとどめた。

自分の価値観を他人に押しつけることもなかった。あくまでも他人は他人、自分は自分だった。

酒場では静かにのんだ。人にからんだり、威張ったりすることもなかった。店が混んできたら、そっと席を立った。

ダンディズムとは、自分の流儀をもつことである。流儀はしたいことをするのではなく、「しない」と決めたことをしないことで身につく。

ダンディズムの別名は「粋」である。

正太郎はたしかに衣服の着こなしに気をつかったし、人間交際においてもそつのない気配りをしたが、日常の小さな禁止こそが、正太郎をして、たんなる伊達《だて》男に終わらせなかった。

日常の小さなことどもを心に決める。そうした内面の倫理をもつことで、正太郎は粋な人となったのだった。

◎うれしくて、ベッドへ入っても眠れない

外見はさておき、正太郎の内面は、年をとっても、年寄りくさくならなかった。正太郎のなかには、四歳の幼児もいたし、十二歳の少年もいたし、二十歳の青年もいた。日記を開いてみよう。

《×月×日
明日は東和でフランス映画〔パッション〕の試写がある。
それを観てから銀座を歩くことを想《おも》うと、うれしくて、ベッドへ入っても子供のように眠れなくなった》

(『池波正太郎の銀座日記〔全〕』)

うふふふ。
次は、『池波正太郎の映画日記』をめくってみよう。

映画『ホワイト・バッファロー』と『ピーターラビットとなかまたち』を見たその日、童心に返ったのか、帰途、デパートの玩具売場でケン玉を買う池波老人がいる。老人はふつう、ケン玉を手にとることはあっても、買うまではいかないだろう。

「帰宅して四十年ぶりにやってみたら、いささかも腕はおとろえていない」

子どものように喜ぶさまを日記に綴っている。

四十歳になったばかりのころ、正太郎は老眼の兆しを感じ始めた。

「あんた、老眼や」と友人にいわれ、老眼鏡をつくった。まわりは「わア、好かん」とか、「爺《じじ》くさい」という。

まことに評判がよろしくない。ところが、本人は老眼鏡をたのしんだ。

「ものを書く、読む、そのたびに眼鏡をかけたり外したりする所作が私の書斎での生活に加わったからである」

老眼鏡をかけたり外したりする、そうした所作があると、執筆や読書の時間に〝間〟というものができて、何となく疲労感がときほぐされる気分が醸成されるのだという。

「年をとるにしたがって、こんなたのしみもあるもんなんだね」

こう妻に打ち明ける。少年期にワクワクしたように、そして青年期にドキドキしたように、初めて経験する老年期にウキウキしている。そのときそのときで、その年齢でないとわからないささやかな愉悦があるようだ。

還暦ちかくなってからは、いよいよ精神は若やぎ、のびのびとして、自由闊達に生きているという風情があった。「年齢を重ねるにつれて、若いときには思いもかけなかった心象の世界がつぎつぎに展開してくる。それがたのしくてたまらなくなってくるのである」と書き記している。還暦をこえてからは――。

《仕事のみか、六十を過ぎると、あらゆる拘束《こうそく》が、あまり気にならなくなる。何とか切りぬける智恵も若いときとちがって頭に浮かんでくる。拘束を、たのしむ気分が生じてくる。肉体は、すでに若さを取りもどせないが、心象の風景は、しだいに自在な軽みを帯びてきたのだ》

（〔一瞬の平安〕『池波正太郎の春夏秋冬』）

死さえも好奇心の対象となった。六十をこえたある日、最期《さいご》のときが迫っていると予感した正太郎は、「大いに不安であり、恐怖を感じるが、自分が、どんな最期をとげるか、それを、いよいよ見とどけるという興味と好奇心がないでもない」と書いている。

いいなあ、正太郎。

第二章

工夫《くふう》を愉しむ

◇こういう流行ならいいね

世間には、流行というと、なんでも毛嫌いする人がいる。

自分が流行をつくりだした本人なら、両手を花びらのようにしてやさしくそれを包み込むのに、そうでないなら流行なんぞにしたがってやるものかとそっぽを向いている。なかには「孤高」を気どって窮屈に暮らしている人もいる。

ひとくちに流行といっても、「したがってもいい流行」と「したがってはいけない流行」がある。「したがってはいけない流行」は、たいてい真面目で重々しい時代思潮である。集団的熱狂を生み、それにしたがわない人を排除しようとするからである。ナントカ主義やマルマル思想なんかがそうかもしれない。

流行の本分は無邪気なほど軽佻浮薄なのがよく、その粋《すい》はずばり商品として現出する。どうでもいいことは流行にしたがえ――これが正太郎のスタイルである。

正太郎は新しいもの好きだった。こういうと、ファンはたいてい怪訝《けげん》な顔をする。正太郎は〝江戸の人〟ではなかったか。むしろ流行とは無縁の保守的な人だと思っていたというのである。

《戦後、レコードがLPになったときのよろこびを何にたとえたらよいだろう。ともかくも、夢中になって種々のレコードを漁《あさ》り、聴きまくったものだ》
(〈レコードこの一枚〉『チキンライスと旅の空』)

そして、それらレコードの中からひとつを選べといわれたら、「何といってもベニー・グッドマンが昭和十三年一月十六日の日曜日にカーネギー・ホールへ初出演したときの〔ベニー・グッドマンをあなたに〕の二枚組だろう」とうれしそうに書いている。

さらに、ウォークマンなる携帯プレーヤーがあらわれると、「レコードをテープに移し、これを聴くたのしみ、便利さはたとえようもないほどだ」と小躍りせんばかりに喜んでいる。じっさい、ウォークマンはすぐに購入、それを装着した姿を写真に収めさせてもいる。

生まれ育った場所が、正太郎の流行好きを育んだ。

生誕の地・浅草は当時、流行の発信地であった。土地《ところ》の人たちは、映画、ジャズ、洋食などに夢中になった。浅草や上野は、新興文化の発祥の地であったのだ。

戦前の下町では、子どもにお金を与え、それを好きなようにつかわせていた。

たとえば、大晦日《おおみそか》が近づくと、正太郎少年は祖母の手伝いで障子《しょうじ》の張り替えをする。それで手間賃の五十銭をもらう。そして大晦日、その小遣いで〝豪遊〟する。「仲よしの友だちと落ち合い、先ず浅草へ行って、大勝館（SY系の洋画封切館）で映画を観る。それから並木の〈藪《やぶ》〉へ行き、年越しの天ぷら蕎麦を食べ、また別の映画館へおもむく」というふうである。

山の手の子らはそうではない。向田邦子は〔お軽勘平〕（『父の詫び状』）のなかでこう書いている。「昔は子供がお金を使うことなどもってのほかで、私と弟は母の手で（お年玉を）それぞれの貯金箱の中に入れてもらうだけであった」と。

山の手に住む中産階級の子どもが、お小遣いを握りしめて仲間と町へくりだすなんてありえないことであったという。ましてや戦前の昭和にあっては、男の子は質実剛健であることが求められたから、芝居や映画にうつつをぬかすなど、それこそあってはならないことであった。

こうして正太郎は流行にどっぷり浸かり、大いにそれらをたのしんだ。

ところで、正太郎が流行に乗らなかったものがひとつだけある。

それは「流行《はや》りの言葉」であった。

◇「アガリちょうだい」ではなく「お茶をください」

西部邁《すすむ》先生（一九三九年生まれ／評論家）からこんな話を聞いたことがある。

あるとき先生が、敬愛する福田恆存《つねあり》先生（一九一二年生まれ／評論家）と食事（たしか中華料理）をしていたときのことである。「おいしい」と声をあげた西部先生に、福田先生は「おいしいは女房言葉だ」とピシャリといわれたそうである。以後、西部先生は「おいしい」といわなくなったそうである。小生が「おいしい」を連発するのを耳にして、西部先生はこの挿話を披露してくれたというわけである。

女房の「房」はもともと部屋の意味である。つまり、宮中などに仕える女官たちが仕事をする部屋のことだ。また、のちにその女官をも「女房」と呼ぶようになった。

ものの本によれば、これら女房たちのあいだで用いられていた言葉が「女房言葉」である。その多くは食べものや衣類に関するもので、これらは優雅な言葉であるとされたから、江戸時代、町家の女たちが真似するようになり、やがて男もつかうようになったとのことである。

男であれ女であれ、子どもは母親から言葉を覚えるのが常であるから、女（房）言葉が男たちへ伝播《でんぱ》するのはやむをえないというべきであろう。

「おいしい」の「いし」は「美《い》し」で、「好ましい」「見事だ」「味がよい」などの意味をもつ。その「いし」が「いしい」となり、さらに接頭辞の「お」がついて「おいしい」となったようだ。

しかし、厳しい母親は、幼児が少年になるころには「男の子は女言葉を使うもんじゃない」とたしなめた。その子らが福田恆存であり、粋人・池田彌《や》三郎《さぶろう》（一九一四年生まれ／国文学者）であった。

第二東京市立中学校（現在の上野高校）で福田恆存と同級であった高橋義孝（一九一三年生まれ／ドイツ文学者）は、男たちが飲食店などで口にする「ちょうだい」について、「頂戴は女言葉だ」と憤慨している。四十、五十のおっさんが、「おーい、ねえさん、ビール一本頂戴」の〝頂戴〟が笑わせる、と書いている。

そこでいくつかの国語辞典で「ちょうだい」を引いてみると、なるほど「おやつをちょうだい」や「新聞を取ってちょうだい」などの用例をだし、女性や子どもの言葉とするものが大半だ。

むかしの男たちは「ビールくれ」といっていたようだ。しかし、いくらなんでも「くれ」はねえ。飲食店でいま「くれ」といったら、えらく横柄に聞こえる。「くれ」の復活はもはやありえないであろう。

当時の、いい年をした男たちは、「おいしい」や「ちょうだい」をいわなかったようである。正太郎（一九二三年生まれ）は、「おいしい」とはいわず「うまい」、「ちょうだい」ではなく「ください」としている。鮨屋《すし》では、通《つう》ぶって「アガリちょうだい」などといわず、「お茶をください」と丁寧にいうものだと書いている。

さて、自分はどうしているか。「ビールちょうだい」と注文しているようだし、店を出るときは「おいしくちょうだいしました」などといっているらしい。自分のことを「ようだ」だの「らしい」だのとまことに頼りない話で申し訳ないが、こういうことは案外はっきりと覚えていないものである。

まわりの男たちに訊《き》いてみると、やはり「ちょうだい」と「お願いします」が多い。「ビールをお願いします」というのもなんだかへりくだりすぎのように私には感じられるのだが、みなさんはどう思われますか。これからは正太郎にならって「ください」でとおそうという気でいるのだが、果たして身につくかどうか。

◇言葉の好き嫌いがないやつは気骨がない

嫌いな言葉がけっこうある。「ベタな」「めっちゃ」「マジ」「キモい」「ドタキャン」「パニクる」「真逆《まぎゃく》」……などがすぐさま頭に浮かぶ。

「真逆をつかわないのなら、何ていうんですか」

「正反対」

「へえ。はじめて聞きました」

大学生とこんなやりとりをしたのが、二〇二三年（令和五）の二月である。

「どや顔」というのも最近よく耳にする。大阪の言葉らしい。「どうや、えらいもんやろ」と誇示するときの顔である。おかげで「したり顔」は消滅の危機にあるようだ。

言葉は生まれた場所と時代に支配されることぐらい知っている。そこはそれ、趣味の問題だから目くじらを立てることではないが、嫌いな言葉たちに自分の世界が包囲されると、なんとなく落ち着いた気分ではいられなくなる。

大辞典『言海』をつくった大槻文彦は「歴史的」や「文学的」などを認めなかった。映画評論家の川本三郎も、〝映画的〟なる表現はつかわない言葉の「第一」といっている。

辛口エッセイで鳴らした山本夏彦は、「白状」というが「告白」といわない、「芸人」というが「芸能人」といわない、「シャボン」というが「石鹸」といわない、「五割」または「半分」というが「五〇パーセント」といわない、「世間」または「世の中」というが「社会」といわない、と述べている。

作家・向田邦子は「トイレ」をつかわない。「おトイレ」もだ。「ご不浄《ふじょう》」という。古くて趣のある言葉が好きだった。中国文学者の高島俊男は「ライス」を嫌った。食堂で「ライスですかパンですか」ときかれたら、「ごはん」もしくは「パンではないほう」と応じると書いている。

作家・丸谷才一は「生きざま」が嫌い。国文学者・池田彌三郎は「ど真ん中」が嫌い。正太郎といえば、「とても××だ」の「とても」が気に入らなかった。「とても食えたものじゃない」はいい。否定語と結びついているからだ。

人さまざまであるが、それぞれに立派である。他人がつかっている言葉でも、自分はつかわない。それが美学である。

言葉の好き嫌いをもつことは大切である。どうでもいいことのように思われるかもしれないが、ほかの人にはどうでもいいことを戒律のようにかたくなに守りつづけるのが美学なのだから。

文体とは何か。

人はみな、性情、環境、教養が異なるから、同じテーマを同じ論理で展開したとしても、その文章表現はまちまちである。しかし、それらをすべて文体といっていいものか。

ある人は文体を「芸」といい、ある人は「格調」という。その切り口は多岐にわたり、解釈は多様をきわめる。とはいえ、文体を持たない文章がある。さしずめ新聞記者による文章がそうであろう。彼らが持っているのは、主観の入らぬ文章である。その人固有の文体というのは見あたらない。

清水幾太郎は『日本語の技術——私の文章作法《さくほう》』のなかで、言葉に好き嫌いのある人なら文章が書けるだろうと述べている。そして、言葉の好き嫌いを持て、と力説する。そのうえで、自分の気に入った作家の文章を真似すれば、その先に自分の文体が見えてくると主張している。

どうやら文体とは、言葉の好き嫌いに始まり、それが気骨となり、やがては〝芸〟や〝格調〟となって結実するようだ。

ちなみに清水幾太郎は、「原点」「空洞化」「虚像と実像」などが大嫌いだと述べている。

◇音楽には不思議な力がある

音楽が好きだ。いろんな音楽を聴く。いまもこの原稿を書きながら、ミルドレッド・ベイリーのCDを聴いている。私をジャズ・ヴォーカルに開眼させてくれた歌手だ。

「音楽が嫌い」という人がいるのだろうか。

それがいるのである。

三島由紀夫は音楽嫌いの理由を、『小説家の休暇』のなかでこう記している。

「他の芸術では、私は作品の中へのめり込もうとする。芝居でもそうである。小説、絵画、彫刻、みなそうである。音楽に限って、音はむこうからやって来て、私を包み込もうとする。それが不安で、抵抗せずにはいられなくなるのだ」

こういった理屈で、音楽が嫌いになる人がいるのですね。

カントもまた音楽に興味を示さなかった。感性の点においては最高位の芸術かもしれないが、理性という点においては最低の芸術だとみなしていた。

こうした感受性の表面積が狭い人たちのことはさておき、人はどのようにして音楽を愛するようになるのだろうか。

音楽の感動は、「自分」と「時代」と「場所」の三つがうまく調和したところに生まれる。

アーヴィング・バーリンの音楽に、はじめて正太郎がふれたのは映画館であった。正太郎は、少年のころより映画ファンであった。

その日、正太郎がたまたま見たのは『トップ・ハット』だった。フレッド・アステアとジンジャー・ロジャースが銀幕のなかで踊っている。正太郎はうっとりした。そして、生涯をつうじ、彼らのダンスを賞揚してやまなかった。

全編をつうじて流れているのはバーリンの歌曲である。のちにスタンダードとなる作品が宝石のようにあちこちにちりばめられている。〔Isn't This a Lovely Day?〕や〔Cheek to Cheek〕などがそうした逸品だ。

少年時代の自分を感激させた歌曲、それがアーヴィング・バーリンの手によるものだった。バーリンは南ロシアの小さな村に生まれ、五歳のときに父母とともにニューヨークへ移住した。八歳のときに父が死んだので、新聞売り、靴磨き、カフェのウェイター、酒場をまわる流しの歌手など、さまざまな職を転々とした。正式な音楽教育を受けたことはなかったが、こうした生活体験により、音楽における情感のふくらみは無限のものとなり、ミュージカルの舞台に、映画に、数多くの歌曲を発表した。

あちらこちらから賞讃の声があがった。かのジョージ・ガーシュインをして、「アメリカのシューベルト」といわしめた。

バーリンは百一歳まで永《なが》らえた。その彼が九十九歳になったとき、正太郎は次のような文章をしたためている。

《私が自分の仕事の上で目ざすところは、アーヴィング・バーリンで、この姿勢は三十年来、少しも変っていない。時代小説とバーリンの歌曲、その関連をふしぎにおもうだろうが、私はバーリンの曲を聴くたびに、ちからをふるい起すことができる》

（「アーヴィング・バーリン」『ル・パスタン』）

バーリンの歌曲を聴くたびに正太郎のまぶたに浮かんだのは、むかしの小さな映画館、フレッド・アステアとジンジャー・ロジャースの美しい動き、そしてそれをじっと見つめている少年の自分であった。

◇映画を観ると得をする

映画には「文法」というものがある。さまざまな決まりごとだ。そうしたなかで、どれほどの力量を発揮できるか。そのことにしのぎを削る。一流の知性とあふれんばかりの情熱が映画には注ぎ込まれている。

映画評論家の淀川長治によれば、「映画を愛することは誰の口からもかんたんに出る。しかし映画を知るということはそうかんたんではない」。「心で映画を知る」には年季がいる。映研（大学の映画研究会）の「コチコチ」は映画を愛せても、まだ映画を知らない。長くつき合って、「映画の文法」を熟知しないと、映画それ自体へのやさしい気持ちは芽ばえない……ウンヌン。

正太郎は、映画をたくさん見てもけっして偉ぶることがなかった。淀川長治は、正太郎がもっとも偉ぶらない「第一位」の人とまでいっている。

気に入らない映画を見たとき、正太郎は「僕にはちょっとピンとこないね」とつぶやいた。それ以上、けなすことをしなかった。わかっていないのではない。やさしいのである。

そのすれない
い鑑賞態度に、映画を知る人たちは好感を持ったという。

映画を語り合えるという意味において、淀川長治が「無二の親友」と呼んだのは、池波正太郎ただひとりである。映画文法を知る小説家との邂逅《かいこう》を心の底から喜んでいた。

正太郎は自分のことを「シネマディクト」（映画狂）と呼んでいた。シネマ（映画）とアディクト（依存症患者）を組み合わせた造語である。「いろいろある中毒の中で、シネマディクトが一番しあわせだろう」との実感をしたためている。日記にこうある。

「一日中、根をつめて仕事をする。今年は仕事が少し多かった。映画がおもうように見られないのが、もっともつらい。いま、月に十本ほどしか見られない。これは私にとって、少々、飢えを感じる状態である」

月に十本見ても満足しなかった。毎日、映画を見たい。それが正太郎の理想の生活だった。

映画を見るということは「いくつもの人生を見る」ことだと正太郎はくりかえし述べた。いろいろな国のさまざまな人生を見て、正太郎は、人間のこと、世の中のことに知悉《ちしつ》していった。「国や人種が違い、歴史や文化が違うといっても、人間であることには変わりがない。だから映画というのは〝国際語〟だともいえるね」が持論だった。正太郎が偏狭な思念に執着を見せることなく、グローバルな感覚を保持できたのも小さいころから「映画という国際語」に親しんでいたからだろう。
正太郎は、映画という友を得て、自分の不足をおぎない、いくつものインスピレーションに出会った。その恩恵の大きさは、はかりしれないものがあった。

《映画は、現代の、もっとも新しい主題を、えらびぬかれたスタッフと俳優たちが協力して奏でる総合芸術である。ドラマがあり、音楽があり、美術があり、歴史があり、さらに世界見物ができるのだ。二時間前後の、この豊饒《ほうじょう》感を、ぼくらが享受《きょうじゅ》しないのは人生の大きな損だとおもう》

（「この、よろこび」『新しいもの古いもの』）

しまいには、「みんな、どうして映画を見ないのだろう」とつぶやくようになった。
映画は、切り取られた〝時間〟の中で人生を語る芸術である。たった二時間でいろんな人生を垣間見ることができる。そればかりか、比喩の表現やおしゃれのセンスも身につく。さまざまな感覚が灰汁《あく》ぬけて洒脱《しゃだつ》になる。映画を観るとずいぶん得をするんだ……なのに、どうして映画を見ないのだろう。

◇コレクションは虚しい

世にコレクターという人種が存在する。たいてい男である。

どうして男には収集癖があるのか。疑似帝国をつくりあげて君臨したいという欲望があるからだという説が有力である。

では、なぜ男だけが自分だけの小宇宙をつくることに夢中になるのか。

男はつねに「強くあること」や「頼りになる存在であること」を陰に陽に要求されており、そこから逃避したいという願望と、逃避してはいけないという抑圧が疑似帝国の建設に走らせるのではあるまいか。

違う見方もある。コラムニストの中野翠《みどり》さんは、次のような理由によるものだと書く。

「たぶん、男は生まれながらにアイデンティティの不安とか空虚感といったものを抱えていて、その欠損を何かにすがりついて埋めたくてたまらないのだろう」(『会いたかった人、曲者天国』)

男のコレクション癖に「欠損」を見いだした鋭い指摘である。

十歳（一九三三年）のとき、正太郎は父方の従兄《いとこ》に連れられて、新国劇の『大菩薩峠《だいぼさつとうげ》』を観た。主演は辰巳《たつみ》柳太郎（机龍之助役）と島田正吾（宇津木兵馬役）である。

《その舞台の、得体の知れぬ熱気の激しさ強さは、むしろ空恐ろしいほどのもので、十歳の私は興奮と感動に身ぶるいがやまなかった。

「何を、ふるえているんだい？」

と、私の肩を抱いた従兄の声を、いまも忘れない。

いまにして思えば、この観劇の一日こそ、後年の私を劇作家にさせた一日だったといえよう》

（「新国劇と私（上）」『日曜日の万年筆』）

従兄は正太郎を弟のように可愛がった。しかし、太平洋戦争で戦死してしまった。この死は正太郎の心に、生涯、埋めることのできない大きな穴をあけてしまった。

正太郎は、遺品である東北地方の郷土人形であるこけしを数十本引きとった。のちに家を建てたときは、応接間の棚にこけしを置いた。

従兄はこけしのコレクターだった。

こけしを見るたびに、亡き従兄の顔が想い浮かぶ。東北へ旅したときは、こけしを買って、それら遺品の横へ並べた。そこには従兄の喜ぶ顔もあった。正太郎の「欠損」は、こけしを買い集めることで埋められた。

いつのまにか、こけしは五十本ほどになっていた。正太郎の家を訪れた客は、正太郎がこけしの収集家だと思ったらしいが、本人はコレクションに「興味がない」と書いている。正太郎がコレクションに熱心でなかったのは、収集することの虚しさを知ってしまったからである。

《個人の人生なんていうものは、恐ろしい動乱、人災や天災の前には、ひとたまりもない。いまの若い人には実感がわくまいけれど、その事実を、まざまざとわが眼にたしかめた者にとって、あのときの衝撃は生涯、ついてまわる》

（「コレクション」『夜明けのブランデー』）

関東大震災や太平洋戦争で、かけがえのないものを失った者ならではの感慨である。だから、「われからすすんでのコレクションは、一生やらないだろう」と語っている。

◇吐気をもよおすような町名になってしまった

先ごろＪＲ山手線に新駅が開業した。「高輪《たかなわ》ゲートウェイ駅」である。

駅名を選定するにあたっては一般から広く公募、駅名案は六万四〇五二件にものぼった。「高輪駅」が第一位で抜きんでていたが、ＪＲ東日本はカタカナ語を入れた一三〇位の「高輪ゲートウェイ駅」を選んだ。

どうしてこんなことが起こったのか。

再開発地区のプロジェクトである「グローバルゲートウェイ品川」を意識してのことであったにちがいない。

だったら、公募する必要なんてあったのか。

いまや駅名は商売道具である。民間企業が自前で建設する施設の名前をどうしようと他人が口を挟《はさ》むものではないという意見があるが、みんなが利用するのだから民意を反映させるべきではないか。

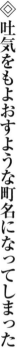

町名も変わる。

住む町のイメージを高め、資産価値をあげるため、町名を変更する。これには住民の多くが賛成するようだ。

東京の銀座を検分してみよう。面積を拡大しているのに驚くはずだ。「銀座」と名がつけば、いろんな意味で価値があがる。明治のころの銀座と較べると、なんと十二倍ちかくも面積が大きくなっている。いまや銀座は「ブランド地名」の雄である。

しかし、そのいっぽうで、江戸時代以来の歴史的な町名は消滅していった。尾張町、弓町、新肴《しんさかな》町、加賀町、木挽《こびき》町など……。

現代日本においては、欧米語由来のカタカナ町名もある。富山県小矢部《おやべ》市メルヘンランド（メルヘン＝ドイツ語／ランド＝英語）、横須賀市ハイランド、さいたま市西区プラザ、滋賀県湖南《こなん》市サイドタウン……。もういいだろう。

地名とは何であるか。

柳田國男は『地名の研究』のなかでこう述べている。

地名とは「要するに二人以上の人の間に共同に使用せらるる符号である」から、「たびたびそこを人が往来するということを前提とするほかに、この地域は俗物がなるほどと合点するだけ十分に自然のものでなければならぬ」ものである。

一人で暮らしていれば地名は必要ない。そろそろあそこにタケノコが生えるころだなとか、きょうはいい風が吹いているからあそこの岩の上で涼もうとか、すべて「あそこ」で済んでしまう。しかし、「二人以上の人」がかかわると、「あそこ」がどこかわかるような地名が必要になる。

「あそこ」は当然、地形や目印など、その特徴を端的にあらわす地名がつけられたはずだ。地名には歴史と文化と伝統を知る手がかりがあるといわれる由縁である。

少年のころ、正太郎は浅草の永住町《ながずみ》で暮らしていた。「末永く安住の地でありますように」との願いを込めてつけられた町名だ。いまはもうない。「元浅草」と変更されてしまっている。

「吐気《はきけ》をもよおすような町名に木端《こっぱ》役人どもが変えてしまった」(「桂文楽のおもい出」『小説の散歩みち』)

正太郎は怒りを隠さなかった。

地名は、祖先から伝わる文化遺産である。不変たるべしとはいわないが、すこしは敬意を払ったらどうか。欧米由来のカタカナ語にするなど、もってのほかである。

◇家は人間の性格を変えてしまう

家屋は「人の性格を変えてしまう」ものらしい。

職業によっては、大儲けしたからといって大邸宅を建てると、なにもかもがダメになってしまうそうだ。

正太郎は、江戸庶民の哀歓を活写した小説家である。彼らの生活文化（衣食住）をひとことでいえば、「清淡質素」である。

そういう自分が大きな家を構えてしまうと、「大邸宅の主《あるじ》であるという感じになってくる」だろうし、やがては「性格も変わり、仕事も変わってくる」にちがいない。高級車を乗りまわしては、「歩いている人間に対して何をぐずぐずまごまごしていやがるんだという気になる」はずだ。それは自分が望むことではないし、やってはいけないことだ……。

じっさい正太郎は富貴《ふうき》の誘惑に負けなかった。作家活動で莫大な収入を得ても、辺幅《へんぷく》を飾ることなく生涯を終えた。

一度お邪魔したことのある荏原《えばら》（品川区）のお宅は、お世辞にも大邸宅といえるものではなかった。小ぢんまりとした、それでいて使い勝手のよさそうな和風建築の家。人の動きと物の移動を考えて、屋内の戸はすべて「引き戸」だった。むろん、江戸庶民の暮らしを考えたうえでの「引き戸」でもあっただろう。

庭といえるような庭もない。応接間には高価な家具やきらびやかな調度品もない。ソファとテーブル、そして戦死した従兄《いとこ》の形見であるこけしが並んでいるだけだった。自動車免許も取らず、したがって車も持っていなかった。映画の試写に出かけるときは、きまって電車を利用した。

紙を大切にした。書けないことにむしゃくしゃして、原稿用紙を破り捨てたり、丸めて放り投げたりすることも一度としてなかった。掲載雑誌が入った封筒も捨てられず、自分が渡す原稿をその封筒に入れて再利用した。

正太郎は何かにつけ、職人を引き合いにだしてその仕事ぶりを賞揚したが、職人はみずから恃《たの》むところがあっても、それをあえて見せつけない自重の気があったからだろう。職人のような明け暮れ。つねにそれを自分に課していた。

江戸人および東京人の気風のなかで、もっとも好きなのが「律儀」であった。段取りをととのえて、つくったものをきちんと〝納品〟する。締め切りに間に合わなかったことは一度としてない。頑固一徹だったが、わがままをいって、編集者を困らせるようなこともなかった。

職人気質をまもろうとしたら、住まいと暮らしのことを考えねばならぬ――ふつうこうしたことまで考えが及ばぬものだ。しかし、自意識は環境に規定されることを知る正太郎は、あえて自分に〝してはいけない〟ことを申し渡した。

稼いだお金はおもに、旅行や飲食をともなう交際につかわれた。美味を礼讃しただけではない。職人のような料理人がいる店を好み、そこではたらく人たちの仕事ぶりを愛した。そうした店へ友人たちを連れていき、気前よくごちそうした。

福田恆存はこう述べたことがある。

「一時代、一民族の生き方が一つの型に結集する処《ところ》に一つの文化が生れる。その同じものが個人に現れる時、人はそれを教養と称する」

家屋のたたずまいから人間交際に至るまで、池波正太郎という個人には「教養」があまた発現していた。

◇食日記はまことに重宝している

食べものに向かう意気込みと、それを堪能する愉楽は、滑稽や下品と紙一重だ。過剰に言いたてると、なんとも品のない人間に思えてくる。

正太郎は旬《しゅん》のものを好んだ。夏には夏のものを、冬には冬のものを食《しょく》した。食べどきもちゃんと見はからった。熱いものは熱いうちにほおばり、冷たいものは冷たいうちに食べた。

こうしたことを守っていれば、滑稽にも下品にも堕さないことを知っていた。

正太郎は日記をつけていた。食べもの日記。毎日、食したものを記すのである。本人は「食日記」といっていた。昭和三十年代の後半（四十歳ごろ）からつけ始めたようだ。

一九六八年（昭和四十三、四十五歳）の日記にこうある。

三月十六日（土曜）　晴のちくもり　夜雨

〔昼〕チキンライス、コーヒー
PM、子母澤邸。「すし」、ウイスキー
〔夜〕湯どうふ、ハマグリ、酒、けんちん汁、めし

この日の午後は、敬愛する作家・子母澤寛《しもざわかん》のお宅（藤沢市鵠沼《くげぬま》海岸）を訪問、出前で「すし」をとっていただいたようだ。帰宅して、また食事。それにしてもよく食べ、よく飲んでいる。

どうして食日記をつけるようになったのか。

食べものに執着をするからではない。「私の仕事が居職《いじょく》のこととて、家人が日々の食事を何にしたらよいか困ってしまう」ところから、食べたものを日記につけるようになったのである。

春なら春、秋なら秋のところを引いてみれば、去年の、あるいは十年前の夕飯に何を食べたのか、たちどころにわかる。じゃあ、きょうの晩ごはんはアジの干物にしよう、と決まる。この日記のおかげで、食事の支度《したく》をする奥さまもだいぶ助かったようだ。

「あなたは食べているものからできている」という金言がある。「きみが何を食べているかいってみたまえ。きみがどのような人物か当ててみせよう」（ジャン・アンテルム・ブ

リア＝サヴァラン）などという人もいて、食と人間は密接に結びついていることを示唆している。正太郎もそうした思いがつよかった。

問題は量だ。

正太郎はよく食べた。本人は「少食」だと書いているが、とんでもない、健啖家《けんたんか》そのものである。

たっぷり食べれば機嫌がよかった。とくに肉類が好きだった。肉を食べないと体力が持たないと信じていた。朝起きて、いきなりステーキ丼を食べる。そんなこともよくあった。食べすぎて、あわてて胃薬（太田胃散）をのむこともあった。日記を公開するようになると、友人たちから「もう少し量を控えたらどうだい」といわれるようになった。

体重は増えつづける。五十二歳のときには、すでに七〇キロを超えていた（身長は一六七センチ）。胃腸をこわすことはなかったが、痛風を患《わずら》うようになった。六十二歳になって体調を崩すと、伯父のように慕っていた先輩作家の川口松太郎から「少し食べすぎ、のみすぎ、見すぎ（映画）という気がする。とにかく大切に……」という葉書をもらった。

食べすぎは躰によくないことを知ってはいた。しかし、たくさん食べられることは健康の証しだと自分に言い聞かせて、病院での健康診断を怠った。それがよくなかった。正太郎の食日記は、食べすぎはよくない、ということも教えている。

◇天ぷらは、親の敵《かたき》にでも会ったように、揚げるそばからかぶりつけ

正太郎は、〝通《つう》〟ぶった蘊蓄《うんちく》を好まなかった。

自分でたしかめた「常識」だけをピシャリというにとどめた。

鮨屋に行く。そこには〝通〟があちらこちらにいる。「シャリ」や「アガリ」などの言葉が飛びかっている。

「飯のことをシャリとか、箸《はし》のことをオテモトとか、醤油《しょうゆ》のことをムラサキとか、あるいはお茶のことをアガリとか、そういうことを言われたら、昔の本当の鮨屋だったら、いやな顔をしたものです。それは鮨屋仲間の隠語なんだからね」(『男の作法』)

ふつうの言葉を丁寧につかっていれば、まっとうな鮨屋ならば、「この人は礼儀正しい人だ」と思って相対してくれる。だから、職人の隠語をつかって、〝通〟ぶってはいけない。

蕎麦《そば》屋にも〝通〟がいる。蕎麦の先だけつゆにつけるのが江戸っ子の蕎麦の食べ方だと若い人たちに講釈している。

正太郎、いわく——「そういうことを言うのは江戸っ子の半可通《はんかつう》と言ってね、ばかなんだよ。冗談言っちゃいけない。本当の東京の人は辛いからつけないだけなんだ。無理してつけないいんじゃなくて、東京のそばのおつゆはわざと辛くしてあるわけだ。先へつけて口の中でまざりあってちょうどいいように辛くしてある。だから、こうやって見ておつゆが薄ければ、どっぷりつけちゃえばいいんですよ」

辛いつゆでたぐるのが東京の蕎麦の「常識」だった。それだけのこと。つゆが薄ければ、先だけでなく、大半をつけちゃえばいい。

食べにくそうに蕎麦と格闘している人もいる。箸でつまんだ蕎麦を、何度も振ったりしている。

「そばを食べるときに食べにくかったら、まず真ん中から取っていけばいい。そうすればうまくどんどん取れるんだよ。端のほうから取ろうとするからグジャグジャになってなかなか取れない。そばというのは本当は、そういうふうに盛ってあるものなんだよ。そういうふうになっていないそば屋は駄目なんだよ」

蕎麦屋の職人は、そばを笊《ざる》の上にひろげ、少しずつのせてゆく。食す者は、それを逆に、盛った頂きから少しずつつまんでいけばよいのだが、麓《ふもと》のほうからつまむから、もつれにもつれて、どうにもならなくなる。蕎麦は頂きからいただくのがよい。

次は、天ぷら屋をのぞいてみよう。

揚がっている天ぷらを前にして、おしゃべりに夢中になっている人がいる。

《てんぷら屋に行くときは腹をすかして行って、親の敵《かたき》にでも会ったように揚げるそばからかぶりつくようにして食べていかなきゃ、てんぷら屋のおやじは喜ばないんだよ》

（『男の作法』）


天ぷらは、揚げるそばから食べるのがいい。職人さんだってそれを望んでいるはずだ。「親の敵にでも会ったように」という比喩がいい。

正太郎をつらぬいているのは流儀である。

流儀とは、ものの道理と自分の立場を知り、出すぎたまねはしないようにする。つまり、客としての分《ぶん》をわきまえて、通ぶることを避けることである。

◇茄子《なす》は夏にかぎる

正太郎の時代小説には酒食のありさまがよく出てくる。

それは、季節感をだすためだった。


《彦次郎が鰹《かつお》の入った桶《おけ》を抱えて立ちあがり、

「梅安さん、まず、刺身にしようね？」

「むろんだ」

「それから夜になって、鰹《こいつ》の肩の肉を搔き取り、細かにして、鰹飯にしよう」

「それはいいなあ。よく湯がいて、よく冷《さ》まして、布巾《ふきん》に包んで、ていねいに揉《も》みほぐさなくてはいけない」

「わかっているとも」

「薬味は葱《ねぎ》だ」

「飯へかける汁《つゆ》は濃目《こいめ》がいいね」

「ことに仕掛けがすんだ後には、ね。ふ、ふふ……」》

（「梅安鰹飯」『梅安最合傘　仕掛人・藤枝梅安』）

初夏、〔仕掛け〕を終えた梅安、彦次郎、小杉十五郎の三人が顔をそろえて、鰹の半身で酒宴をやろうとしている場面だ。

鰹。秋の鰹がいいという人もいるが、初夏の匂いを運んでくれる魚といえば、やはり鰹に指を折らなければなるまい。

やがて、鰹が消えると、茄子《なす》が盛夏を告げる。紫色の肌をよく洗って、これを薄切りにする。塩でもみ、芥子《からし》醤油をちょいと落として食べる。正太郎はこの茄子が「旨《うま》くて旨くて、たまらない」のだそう。

《三冬《みふゆ》は、茄子の角切《かくぎり》に、新牛蒡《しんごぼう》のささがきを入れた熱い味噌汁で、飯を三杯も食べてしまい、食べ終って、さすがに大治郎の視線を外し、

「根岸から、ここまでまいりますと、お腹《なか》も空《す》きます」

と、いったものだ》

（「三冬の縁談」『剣客商売』）

正太郎はいわゆる美食家ではない。恵みとしての食べ物を素直に愛していた人である。いまの食べ物は、夏も冬もあったものではないけれど、むかしは四季それぞれの魚介や野菜を口にしていた。正太郎自身、「冬の最中《さなか》に胡瓜《きゅうり》や茄子やトマトを食べたおぼえは一度もない」と書き述べている。

じっさい日々の暮らしにあっても、茄子や胡瓜、白瓜《しろうり》やトマトなど、夏のものは夏以外の季節には口にしないというほど、四季折々の食材にこだわった。

旬を感じて、しみじみ旨い。そういう料理を正太郎は好んだ。

孔子は「不時不食（時ならざるは食らわず）」と唱え、季節はずれのものを口にしないのをよしとした。わが国でもそれは、つい先ごろまで続いてきた道理だった。

ところが現在《いま》は季節はずれのものこそ稀少価値があるとされている。結果、ハウス栽培や養殖漁業などが盛んにおこなわれ、冷凍設備の充実と相俟《あいま》って、食と季節がてんでばらばらになってしまった。

季節はずれのなかにもいけるものはある。でもやっぱり、茄子だけは夏がいい。冷や酒といっしょにやるときの、あの旨さを何にたとえたらいいのだろう。

◇猫と会話する

地球を支配していたのは猫だった。ところが猫は生来のエピキュリアン（享楽主義者）で、はたらくことが大嫌い。やがて地球を支配することにうんざりした猫たちはある日、例によって夜の公園で、「どうしたらもっとのんびりと暮らすことができるか」について話し合った。議論の末、一匹の猫が名案をだした。

「地球には人間という不思議な動物がいる。彼らはわれわれと違って、はたらくことが大好きという世にも奇妙な生きものだ。この際、地球の支配は彼らにまかせたらどうだろう。人間たちに思う存分はたらいてもらって、われわれはそれに寄生する。そうすれば、われわれ猫は好きなだけ優雅な生活を楽しむことができる」

異議を唱える猫は一匹もいなかった。かくして地球の表向きの支配権は猫から人間へと委譲され、猫は優雅な永遠の休暇を謳歌するようになった……。

このような小話がある。

どうもこれは真実であるらしい。どう否定しようとも、そうとしか思えない。三食昼寝付き。労働時間ゼロ。首輪なし。リードなし。外出自由。家出自由……。こうした厚遇のペットがほかにいるだろうか。

《「ばか。猫は人よりも気がまわる生きものじゃ。すべてを知っていながら知らぬふり、をしている。ことに、あのおたまは、な……」

「それなら、おたまを探して連れもどし、おたまに御飯を炊《た》かせたり、肩をもませたりしたらいいですよう」》

（「おたま」『剣客商売』）

秋山小兵衛と妻・おはるの会話である。「……ですよう」といっているのがおはるだ。

正太郎は猫を愛した。というより、畏怖《いふ》していた。

小兵衛の言葉にあるように、「猫は人よりも気がまわる生きもの」である。猫を飼ったことのある人であれば、思いあたるふしがあるはずだ。「すべてを知っていながら知らぬふりをしている」のが猫なのだ。

この視点で小説を読み返してみると、「白い猫」（『剣客商売』）や「おしろい猫」（『にっぽん怪盗伝』）に登場する猫は、いずれもそ知らぬ顔で物語を軽妙にうごかしている。とはいえ、傑作はやはり「おたま」である。


《「にゃあん……にゃん、にゃん……」

三声《みこえ》、鳴くや、反転して元の細道のところへもどり、振り返って、小兵衛をみつめる。

ここに至って、秋山小兵衛の老顔が、わずかに引きしまってきた。

小兵衛は、庭下駄《げた》へ足をのばした》

（「おたま」『剣客商売』）


この場面がたまらなく好きだ。猫好き人間の琴線《きんせん》を思いっきりくすぐってくれる。

人間が猫を飼っているのではなく、人間は猫に飼われている。それを確認させるために、これと睨《にら》んだ人間には信号を送るのだ。勘の鋭い小兵衛は、猫たちの壮大な計画に気づいていたひとりであったようだ。

暖かい冬の夜である。池波家で飼っている猫たちがいっせいに外に出ていってしまった。いぶかっていると、豊子《とよこ》夫人が正太郎にこう告げたそうな。

「猫は、夜になると、何処《どこ》かで集会をひらくのですよ」

◇お金は善悪二様のはたらきをする

いったいどうしたわけだろう。お金というのはわたしたちの生涯の伴侶のはずなのに、その性格と接し方については学校では教えてくれない。

「お金は卑《いや》しいもの」という考え方がある。徳川家康が朱子学を導入したせいだ。武士がいちばんエラい。朱子の教えを身につけた人格者だからだ。次が農民や工人（職人）。汗水たらして世の中にとって必要なモノをつくるからだ。最後が商人。やつらはそれらのモノを右から左へ動かすだけで利益をむさぼる最低の人間だ。商売は「悪」という呪縛はここから生まれている。朱子学を身につけた「良識」ある侍たちは、モノを購入するにしても、金銭にはいっさい手を触れず、財布ごと商人に渡し、必要な代金を取り出させたという。その徹底ぶりはすさまじい。

貴穀賤金《きこくせんきん》という言葉がある。江戸時代においては、「お金よりもお米を重んじるべきだ」という考え方が支配的で、武士の給料（俸禄）も貨幣ではなくお米で支払われていた。こうして「金銭は不浄」という刷り込みが数百年つづいたのである。

この価値観は、明治維新を経ても代々子孫に受け継がれた。ヘソまがりの内田百閒《ひゃっけん》でさえ、「お金をもつという事は、その人間を卑小にし、排他的ならしめ、また独善的にする」とつぶやき、「厭《いと》うべきはお金である。お金があっては、道を修め、徳を養う事は出来ない」とつづけている（『無恒債者無恒心』）。この随筆が書かれたのは昭和八年（一九三三）であるが、平成になっても日本人のお金に対する偏見は根強く残った。それが証拠に、学校でお金について触れることはほとんどなかった。

高校の家庭科で「金融教育」が始まったのは令和四年（二〇二二）になってからである。なんという遅さ。「日本人は金融リテラシーが低い」と揶揄《やゆ》されるのも当然である。

数年前、理由《わけ》あって、相続税について調べる機会があった。うすうす気づいてはいたことだが、税に対して自分がこれほどまでに無知であったとは思ってもみなかった。

相続税とは、所得税を納めた残余に、あらたに課す税金である。所得税を支払った人が死んだあとも、その残った財産に課税するのだ。明らかに二重課税であり、憲法違反ではないのか。どうしてこんなものがあるのだろう。いまもって不思議でならない。

こうしたことを学校では教えてくれなかった。お金に関する基本の「き」さえも知らないうちに、わたしたちは実社会へ放り出される。ところが、成人してお金のことで失敗《しくじり》をすると、あれやこれやと非難される。まことに理不尽である。

《「金と申すものは、おもしろいものよ。つぎからつぎへ、さまざまな人びとの手にわたりながら、善悪二様のはたらきをする」

「ははあ……」

「その金の、そうしたはたらきを、われらは、まだ充分にわきまえておらぬような気がする……」

何やら、しみじみと、平蔵がいったものであった》

（「雲竜剣」『鬼平犯科帳』）

お金は「善悪二様のはたらき」をする。お金とは究極、それをもつ人間の心や価値観、その総体としての世の中を映す鏡なのである——こんなふうに始まる講義を学校で聞きたかった。

金融教育というと、お金の増やし方とか投資術を学ぶことだと思われがちであるが、もっと根本的なお金とのつき合い方を小学校ぐらいから始めたらどうか。小学生は、英語を学ぶまえに、お金について学んだほうがいい。そのほうが将来、きっと役に立つ。外国語の勉強など、やりたい人がやればいいのである。

◇大げさがきらい

東京は「山の手」と「下町」に大別される。

明治以降、山の手は新興勢力を中心とする官庁地区および住宅地になっていく。そこへ、おもに地方出身の軍人、政治家、企業家などが住みついた。いっぽう、町人たちの居住区は、職人たちの集まる商工業地区になり、やがて「下町」と呼ばれるようになった。要するに、下町は昔ながらの江戸っ子が暮らすところ、山の手は地方から出てきた田舎者の居住するところだった。

明治生まれの鏑木清方《かぶらききよかた》（画家）は、一九三三年（昭和八）の随筆〈山の手と下町〉のなかで、山の手と下町との居住者のあいだには「融和し難い感情の墻壁《しょうへき》が横たわっていた」と書いている。山の手の人びとは下町に暮らすものを「町の人たち」と卑しめ、下町の人は山の手の人を「のて」とあざ笑ったそうである。

生活習慣が違えば人びとの気質も異なる。

下町の美風のひとつに「粋《いき》」がある。

おう、おっかあ、いま留《とめ》ンところに寄ったらな、野郎ぼんやりしてやがンだよ。見たらおめえ、芋《いも》オ食らってやがン。情けねぇったらありゃアしねぇや。その炊《た》きたてのおまんま、持ってってやんな。

……どうした……留さん、涙ながして喜んでた……へ、意気地《いくじ》のねぇ野郎だ。ま、いいことをするってぇと心持ちがいいやなあ。お、腹がへったよ、おまんまにしようか。え、留さんにあげちゃったから、ないって……しょうがねえな、すぐに炊きねぇ。もう米がねえって……米を買う……銭もねえのか。じゃ、芋を食うとしよう――

よく噺《はなし》のマクラにふられる小咄《こばなし》だ。相手を気づかい、助け合うのが本寸法《ほんすんぽう》だ。ことを露《あら》わにせず、察し合って、大げさに言い立てない。きれいにことを納めたら、さらりと流してしまう。こうした物事のさばけたとりなしがいいい「粋」につながった。

大げさにふるまうのは、立身出世を夢みる山の手の地方出身者のやること。下町の人たちはそれを「野暮《やぼ》」だとみなした。だから、下町の人は立身出世競争では負けてばかりいた。

日本橋区蛎殻町《かきがら》（いまの中央区人形町）で生まれ育った谷崎潤一郎（一八八六年生まれ）

は、父親に江戸っ子の気質をみている。父は「正直で、潔癖で、億劫《おっくう》がり屋で、名利《みょうり》に淡く、人みしりが強く、お世辞をいうことが大嫌いで世渡りが拙《まず》く、だから商売などをしても、他国者の押しの強いのとはとても太刀《たち》打ちすることが出来ない」性分だった。

正太郎一家も「大げさ」をことさらに避けようとした。

《私ども兄弟も、小学校を出ると、すぐに世の中へ出たわけだが、これとても当然なことだと私たちも思っているし、母もそう思っている。したがって、われわれ母子は昔の苦労話をすることがなかったし、何事にもおおげさに事を行ない、言葉に出すことがきらいだということを、母は身をもって示した》

（「おおげさがきらい」『おおげさがきらい』）

大学へ行って、立身出世をもくろむような「大げさ」なことはしない。万事において、ひかえめをよしとする。ことさらに褒《ほ》め合ったり、なぐさめ合ったりもしない。正太郎の小説に大仰な感情表現が見いだせないのも、下町の人らしく、「大げさがきらい」だったからである。

◇笑いたくなくても、笑ってみよう

「心身一如《しんしんいちにょ》」という言葉がある。

躰《からだ》は心の状態を映しだし、心は躰のありようを反映するという意味だ。心の緊張は躰の不調をもたらし、体調の良好は元気を生みだす。そうした心と躰のつながりを言いあらわしたものだ。正太郎はこの格言の信奉者であった。

《平蔵は曲折に富んだ四十余年の人生経験によって、思案から行動をよぶことよりも、先ず、些細《ささい》な動作をおこし、そのことによってわが精神《こころ》を操作することを体得していた。

絶望や悲嘆に直面したときは、それにふさわしい情緒《じょうしょ》へ落ちこまず、笑いたくなくとも、先ず笑ってみるのがよいのだ。

すると、その笑ったという行為が、ふしぎに人間のこころへ反応してくる。

〈中略〉

(よし、来い!!)

呼吸がととのい、勇気がわき出てきた》

（「兇剣」『鬼平犯科帳』）

この記述には興奮した。感情は行動を束縛するという考えにとらわれず、逆に、ある行動をとればそれにふさわしい感情がついてくると考えてみる。平蔵がいわんとしていることはこのことである。

思考の蛸壺《たこつぼ》にハマりそうになったら、その傾向に埋没せず、うわべを変えることで望ましい気持ちを呼び込んでみよう。ちょっとした動作に、こうなったらいいなあという気持ちをちょっと添えてみる。そうすることで、自分を取り囲む世界をひっくり返せてしまえる。

正太郎は、アランの熱烈な愛読者だった。

はじめてアランの著作にふれたのは、太平洋戦争へ出征する前のことで、まだ十九歳だった。『精神と情熱とに関する八十一章』（訳者は、かの小林秀雄）がそれで、以後、アランにぞっこんとなる。

「人間の心と躰のつながりを、これほど、たのしく興味ぶかく、わかりやすく書いた本を、私は知らない。それからは夢中で、アランの訳書を探しては読んだ。〈中略〉アランは、フランスの高校《リセ》の教師として生涯を終えた人だけに、自分が手塩にかけた何千人もの若者の性格と人生を見つづけてきている。それだけに、この老碩学《せきがく》の言葉には、千金の重味と実践が秘められているのだ」（『忘れられない本』『一年の風景』）

たいへんな惚れ込みようだった。アランを知ってからの正太郎は、心身のつながりを意識するようになり、実生活においても、躰からまず入っていくことを強く自分に言い聞かせた。ある随筆では、「私は、仕事の行き詰りを頭脳からではなく、躰のほうから解いて行くようにしている」と書き記している。

アランは『幸福論』のなかで多くの実践的な知恵を披露しているが、基本となっているのはやはり「心身一如」である。

アランはいう——心と身体を対立するものと捉えてはいけない。心のこわばりをほぐすにはまず身体を動かしてみよ。心をあれこれいじくるのではなく、躰を動かし、表情をよそおってみるのだ。だから、笑いたくなくても笑ってみよ。幸せだから笑うのではない、笑うから幸せになるのだ、と。

こうした考え方に正太郎は大いに共感を示し、作品世界において反映させただけでなく、実生活においてもそれを実践して、そのつど小さな幸福を味わっていた。

第三章　人間《じんかん》を生きる

◇恩というものは他人に着せるものではない。自分が着るものだ

三島由紀夫の『不道徳教育講座』を読み返してみた。

奥付のメモを見ると、なんと四十六年前に読んだようである。三十章から成るエッセイ集で、「教師を内心バカにすべし」「大いにウソをつくべし」「人の不幸を喜ぶべし」……などの挑発的な惹句《じゃっく》がずらりと並ぶ。途中でおっぽり出さなかったようで、全編にわたって、むやみに赤線が引かれている。

「先生という種族は、諸君の逢《あ》うあらゆる大人のなかで、一等手強《てごわ》くない大人なのです」

「高い地位に満足した人は、安心して謙遜を装うことができます」

こういった意表を衝《つ》くアフォリズムが、各章にひとつふたつ置かれている。本人も愉しみながら書いている様子が伝わってくるが、なにより読者に媚《こ》びたところがないのがいい。これで私はすっかり三島づいてしまった。

三島はこの本を三十三歳から三十四歳にかけて書いている。その若さで、なんという人間洞察力を持っていたのだろう。嘆息をつかざるをえない。いくぶん虚勢を感じないでも

ないが、その虚勢を矜持《きょうじ》にまで高めているのがやはり非凡というものであろう。

なかでも、次の一文には唸《うな》った。

「人に恩を施すときは、小川に花を流すように施すべきで、施されたほうも、淡々と忘れるべきである。これこそ君子《くんし》の交わりというものだ」

ほどこした人はその恩は忘れ、ほどこされた者は忘恩《ぼうおん》の徒となれというのだ。

正太郎はどうか。小説のなかで、恩というものについて、次のように書いている。


《「いいかな、梅吉。よくおぼえておきなさい。恩というものは他人に着せるものではない。自分が着るものだということを、な……」》

（「秋風二人旅」『殺しの四人　仕掛人・藤枝梅安』）


覚えておきたい殺し文句ですね。

恩知らず、という言葉がある。

「あれだけのことをしてやったのに、あいつはまったく恩知らずだ。お歳暮ひとつ送ってこない」

みなさんも、こんなことをいう身内の言葉を聞いたことがあるでしょう。しかしながら、始終こんなことをぼやいている人の人生は灰色である。恩着せがましい人は、ほどこした恩や相手の裏切り行為を数えあげて、おうおうにして人生をつまらないものにしてしまっている。

では、恩をほどこされた人は、その恩をどう受けとめたらいいのか。

三島は「忘恩の徒」になれといい、正太郎は「みずから恩を着よ」とすすめている。考えるに、恩人とは、敬しながらも遠ざけたい存在である。恩人の顔にはつねに「恩」という字が浮かんでいるから、ほどこされたほうは会うたびに「現在の私があるのは、あなたのおかげです」と頭をさげなくてはならない。そんな恩人を前にして、淡々と気楽につき合えようか。

恩を受けたほうの人間は、やがてそうした関係が気づまりに感じられ、敬遠するようになる。たまった鬱憤《うっぷん》が昂じて、なかには恩を仇《あだ》でかえすような人もでてくる。

問題は、はっきりしている。あなたが恩をほどこした人間であるのなら、恩着せがましいことはいうな、と自分に言い聞かせることだ。

もしあなたが恩着せがましい人間でないのなら、恩知らずはあなたのそばにいないはずだし、逆にあなたが恩知らずをたくさん知っているのなら、あなたは恩着せがましい人間ということになる。恩というのは、なかなかに難儀な代物《しろもの》である。

◇実際的に考えてみよ

『ゲーテとの対話』は私にどれほどのインスピレーションを与えてくれたか、はかりしれないものがある。

若き学徒のエッカーマンは、晩年のゲーテに接した九年間のメモをもとに、ゲーテとの交際のあれこれを書き綴っているが、なによりこの書物が秀抜なのは「観念」や「抽象」の弊害を明快に指摘したことにある。ゲーテはいう。

「あれほどのすぐれた人が、その実なんの役にも立たない哲学的な思考方法に骨身をけずったことを思うと、悲しくなるよ」

「あれほどのすぐれた人」とは、劇作家のシラーのことだ。シラーが時間の無駄としか思えない哲学的な思考にエネルギーを費やしてしまったことを、親友であるゲーテは嘆くのである。

わたしたちは青春期、観念的な思索に耽《ふけ》ることに憧れがちである。「愛のかたち」や「死とは何か」などを漠然と考えがちだ。

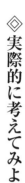

日本の青年たちはこれまで、「絶対矛盾的自己同一」や「悟性」といった抽象概念と格闘してきたという歴史がある。抽象的な思考こそが〝本質〟や〝根源〟に近づけるという感覚がしみつき、その魅力といおうか、魔力にとらわれていた。それを煽《あお》るかのように、哲学を教える先生たちもまた、偉大な哲学者や立派な思想家のいうことを容易に理解されてはたまらないとばかりに、難語を駆使してその何たるかを説明しようとしてきた。平易な言葉で哲学を教えてくれたのは、私の知るところでは、田中美知太郎だけである。

難解な哲学書は英語で読むとわかりやすいという真実をご存じだろうか。じっさい、英語の文献で読んでみると、哲学用語は意外にやさしい単語がつかわれているのに気づく。「悟性」は〝understanding〟である。これを「理解力」とか「わかるということ」と訳せばよかったものを、「悟性」としたばかりに、わけのわからない〝哲学用語〟になってしまった。

ものごとの本質を求めようとすると、具体性を欠き、観念的になっていく傾向がある。これは昔ほどではないにせよ、いまの時代であっても変わることがない。本質をとらえようとする姿勢を保持しながら、具体的、実際的に考えていこうとするのがゲーテのやり方である。『ゲーテとの対話』は、観念的理想論者にこそ読まれるべきものだ。

《人間は動物だからねえ。それを忘れちゃうから、どうも方々で間違いが起きてくるんだな。頭脳が比較的発達してるから高等動物になっているけど、肉体の諸器官というものは四つ足のときと変わらないんだよ。それを高等な生きものだと思い込んでしまって、そうした社会をつくろうとしていくと、非常に間違いが起きてくるんだよ》

（『男の作法』）

「具体」と「実際」で、本質に近づこうとするのが正太郎のやり方である。イデオロギーで塗り込めた作品はひとつもないし、観念的すぎてわかりにくいという文章も見あたらない。

できの悪い文学作品に共通していえることは、思想を説明するために人物を操り人形にしてしまっていることだ。自分の思想を述べたいがために小説を書くという本末転倒を起こしている。

具体的、実際的にものごとに接近すればやがて本質が姿を見せる、というのがゲーテや正太郎のアプローチ法である。若いころにこうした考え方に出会えたことは、わが人生航路における大きな僥倖《ぎょうこう》であった。

◇旅は人を「再生」させる

ひとり旅から戻ると、生き返ったような気分になる。なぜだろう。
桜が舞い散るその下で死にたいと言い残した歌人がいた。
西行である。

願わくば花のもとにて春死なむ
　そのきさらぎの望月のころ

出家した西行は、各地を遍歴、草庵を結びながら、数多くの和歌を詠《よ》んだ。法体《ほったい》（僧侶姿）となった西行は、自然と一体になることを望み、みずからの名を「西方浄土」から名づけた。
あの世たる「浄土」は、西にあると仏教は説いている。太陽は東から昇り、西に沈む。東は「生」の方位であり、西は「死」の方角だ。生前の望みどおり、桜のはらはらと散る満月の下で、西行は自然と一体化して西へ旅立った。

西行にかぎらず、古来、日本人の旅は「霊場」へと向かうものであった。お伊勢参りや日光詣《もうで》などもそうである。すなわち死霊や祖霊がいる他界への旅だった。

現代に暮らすわたしたちはお彼岸《ひがん》、お盆、年末年始に帰省するが、もとよりこれは祖先の霊に出会うためのものだった。日本人にとっての旅は、汚穢《おわい》に満ちた生命を浄化して「再生する儀式」だったのであり、「現実世界から他界へと向かう行為」であった。

そうした要素をいまなお残しているものもある。

結婚式の花嫁を思い浮かべてみよう。花嫁は白無垢《しろむく》をまとい、つづいて「お色直し」をするが、白無垢は死者の装束《しょうぞく》であり、「お色直し」は生まれ変わったことの証しである。

俳聖・芭蕉もまた、西行と同様、旅の途中で客死した。

旅に病んで　夢は枯野を　かけめぐる

西行を慕う芭蕉もまた、「月日は百代《はくたい》の過客にして、行きかふ年も又旅人也」（『おくのほそ道』）と記しているが、太陽や月の運行に「死」と「再生」を重ね、月日を旅人に見立てたことはやはり興味深い。

正太郎も旅が好きだった。とりわけ信州へはよく足をはこんだ。信州・松代《まつしろ》といえば真田家である。時代小説家としての地歩はこの一族のことを書くことで固まった。

正太郎は少年のころより、信州に格別な思い入れがあった。十三歳のある日、正太郎は、たまたま叔父の書架にあった『山鴫《やましぎ》』という詩集を手にとった。「たちまちに魅了」され、その詩人の『青い夜道』や『海の見える石段』などをすぐに買い求めた。

彼の名を、田中冬二という。信州を愛した詩人である。

冬二の詩には「生」と「死」のはかなさと美しさがたゆたっている。正太郎が冬二のうたいあげた詩を讃美したのは、死と再生をくりかえす自然と人間のいとなみを日常の些事に見いだしていたからにほかならない。

正太郎が法師温泉（群馬県）という〈山の湯の宿〉に幾度も足をはこんだのは冬二の詩に心を動かされたからだし、五明館《ごめいかん》（長野県）という宿屋を好んだのは冬二が滞在したことがあったからである。

書くことに疲れた正太郎は、信州の旅から戻ってくると、ふたたび元気になり、生まれ変わったような気分でまた書斎に向かうのだった。

◇平衡感覚を持つ

「悪」を知ることは悪いことではない。

いけないのは、悪の世界を知らずして大人になってしまうことだ。世の中に悪が存在することを知らせず、子どもを温室で育て、世の中へ出荷する。このことが間違っている。

幼児性は、理想と現実を混同することである。その意味でいうと、「この世に悪は存在しない」という前提でなされる教育は改められなくてはならない。

画家は、影を描くことによって、光をあらわす。悪をはっきりと認識したときにのみ、偉大な善が見える。悪の陰影を見ないのは、幼児性のあらわれである。

幼児性は、極端なかたちをとる。その中間のあいまいな部分の意義を認めない。あるいは差別をする人とされる人に分けて、それでよしとする。むろんのことに、家柄、出身、財産、学歴、容姿容貌などの要素をもとに、すべての人が差別をする立場とされる立場を行ったり来たりしていることに気づかない。

そもそも善や悪は、明確に分けられないからやっかいなのである。これこそが悪だと思われる殺人にしても、戦国時代にあっては、敵対する大将の首をとるのが手柄だったし、いまもなお戦争という事態においては、人を殺すことが正当化されている。

つまり、どういう行為や意志が善であり悪であるかは、時代や社会の思潮、個人の信念や思惑によって異なるのである。善悪とは、そんなあやふやなものなのだ。

学校は「この世は矛盾で充ちている」ことも教えない。「誠実な人間になりましょう」とか「立派な大人になってください」などという耳に心地よいだけの人間像を語る。「嘘をつくな」ともいわない。教師みずからが実践できないことに矛盾を感じながら、それでもあえて「嘘をつくな」と言いきってはじめて、その戒めと矛盾は子どもの心にとどく。こうした言葉を口にする人間が少なくなったということは、矛盾を引き受けるだけの覚悟をもった大人が少なくなったということだろう。

その結果、どうなったか。悪も知らない、矛盾も認めないという頭でっかちな脆弱《ぜいじゃく》な子どもがたくさん産みだされた。一八、九の学生としゃべっていてア然とするのは、猜疑心の圧倒的欠如である。世界は善人ばかりで、話し合えばわかってもらえると思っている。人間性善説に立ち、ひとりよがりな正義感を無邪気に主張するばかりだ。あまりにも生真面目で、素直で、幼稚である。

正太郎は、人間を善悪の二色に染め分けなかった。それどころか、一個の人間のなかに善も悪もひそんでいると考えた。

人間はある状況のもとにおかれたとき、善悪の枠からはみだすことがある。いかなる状況におかれるかは、個人の力では決められないことがある。極限状況のなか、たとえば飢えているとき、あなたはかっぱらいをしないだろうか。多くの人間は盗みをはたらくであろう。あるいは愛する人に危害を加えようとする者があるとき、あなたは刃物を持って立ち向かわないだろうか。たいていの人はそうするであろう。人間は不安定な存在であり、状況しだいで善人にもなれば悪人にもなるということを自覚すべきである。

《人間というやつ、遊びながらはたらく生きものさ。善事をおこないつつ、知らぬうちに悪事をやってのける。悪事をはたらきつつ、知らず識らず善事をたのしむ。これが人間だわさ》

（「谷中・いろは茶屋」『鬼平犯科帳』）

善と悪のあいだを行き来することで、わたしたちは平衡感覚を身につけてゆく。そして、この平衡感覚こそが、社会と個人に秩序と調和をもたらすのである。

◇人の世は勘違いで成り立っている

無鉄砲を勇気と誤解し、無知を純朴と誤解し、弱さを優しさと誤解し、憐憫《れんびん》を同情と誤解し、腰の重さを落ち着きと誤解し、わがままを主体性と誤解し、主体性のなさを協調性と誤解し、下心を真心と誤解し、薄情を非情の情と誤解してくれたら、これ幸いである。

理解とは多くの場合、誤解の代名詞である。美しく理解されたのなら「愛されている」と思えばいいし、醜く理解されたら「嫌われている」と思って間違いない。

理解するとは認めること、思いやりとは好意的な誤解にすぎないのかもしれない。

だから、そこにはおのずと勘違いが生じる。

《「人の世などというものは、な……」

と、木村又右衛門はいった。

「それぞれの、人の勘ちがいによって、成り立っているようなものじゃ。それが、この年齢《とし》になってみて、よく、わかるようになってきた」

人間たちの頭で考える推定とか予測とかいうものほど、

「当てにならぬものはない」

木村は、そういうのだ》

（『旅路』）


理解と誤解がコインの裏表であるなら、長所と短所の関係も同様である。

妻から見た夫の欠点は職場においては美点かもしれないし、夫から見た妻の欠点は子どもからみれば美点であるやもしれぬ。

「人づき合いにおいては、われわれは長所よりも短所によって人の気に入られていることが多い」

こう喝破《かっぱ》したのは箴言家のラ・ロシュフコーだが、人生の妙味は、短所で愛され長所で煙たがられることがあるということだ。これだから人生はおもしろい。

隙《すき》のない人間はつまらない。柳田格之進《かくのしん》（落語の噺に出てくる人）のような四角四面の人間との交際は息がつまってしまう。

そのぶん、ちょっと間の抜けている人とのつき合いは気が楽である。人間がうちとけて、いこいを感じるのは、お互いの間抜けぶりを大らかに認め合っているときである。わたしたちは、それを嘆く愉快さも含めて、心底では短所というものに好意を寄せているのではないか。

長所と短所の関係はこれだけにとどまらない。さらに奥がある。見る人によって、長所と短所が入れ替わったりするからだ。

私は以前、「陽気なばかりで根気がない」とからかわれたことがあるが、ある人はそういう小生の性質を「カラッとしていてあきらめがいい」と褒めてくれたものだ。これは私に社交の妙味を考えさせる契機となった。

正太郎は「気が短い」とか「せっかち」と陰口をたたかれたが、「気遣い」と「律儀」がそうさせるのだといって譲らなかった。

短所が長所に変わり、長所が短所になることがあるというのは真実である。

どうして短所と長所が入れ替わるのか。

短所は反省と修正によって改善されるが、長所は本人が過剰に自覚することで腐臭を放つからだ。長所を過信するあまり身を滅ぼした話は、意外にもたくさんある。

なんであれ、長所や短所を見つけたら、ひょっとして自分は勘違いしているのではないか、と疑ってみるのも一興である。それで大きな勘違いをしないですむこともある。

◎秘密はね、自己崩壊を防ぐ最後の砦《とりで》なんだ

武士と春画（とくに浮世絵春画）は無縁ではない。

江戸研究家の三田村鳶魚《えんぎょ》は「諸大名・諸旗本は一代に一つ、必ず甲冑を拵《こしら》える例があって、その鎧櫃《よろいびつ》へ春画一巻を入れる習慣があった」と書き記している。

武家にとって、春画は身近な存在であった。鳶魚はまた、「諸大名・諸旗本の嫁入りには、きっと十二枚つづきの笑い絵を持って行く。これは立派に表装されて、巻物二本になるのがお定り」としている。「笑い絵」とは春画のことである。

幕末の江戸城においては、重臣たちが菱川師宣《もろのぶ》の春画の貸し借りをしていたということも明らかになっている。そういえば、森鷗外の自伝的作品『ヰタ《ウィタ》・セクスアリス』（ラテン語で「性欲的生活」の意）には、実家の蔵で父の鎧櫃の蓋《ふた》を開けたところ、鎧の上に一冊の春本が載せてあったと書いてあった。

正太郎の小説「秘図」（『賊将』所収）を覗《のぞ》いてみよう。

《(五兵衛よ。お前は何という愚か者なのだ)
その愚かさを恥じる心は、無意識のうちにこれを隠そうとして、五兵衛は一日一日と、謹厳の衣を厚くまといはじめた》
(「秘図」『賊将』)

「秘図」には、威厳俊邁《しゅんまい》の風格をもつ火附盗賊改《ひつけとうぞくあらため》の徳山五兵衛の「秘密の生活」が描かれている。

正太郎は、〝秘密〟をすこぶる好んだ作家であった。登場人物に秘密をもたせ、そこに舌なめずりせんばかりの好奇心を抱き、執拗なペンでそれを読者に暴露した。これは、秘密をもたない人間はいない、という著者の確信がそうさせたのである。

五兵衛は夜ごと、秘画を描く趣味があった。男女の交歓、ありていにいえば、男女の性交図を描くのである。誰にも見つからぬように、寝間でこっそりと絵筆をはこぶ。羞恥心の破壊がもたらす恍惚感を、五兵衛は手放すことができなかった。昼の謹厳と夜の痴愚。その狭間で五兵衛は煩悶した。

「恥を知れ、恥を――あまりにも情ない。このようなものに魅入られるとは……」と思いつつも、五兵衛はやめられなかった。胸のうちでは「五兵衛よ。お前は何という愚か者なのだ」という声を聞くのであるが、どうにも歯止めがきかない。そして、「その愚かさを恥じる心は、無意識のうちにこれを隠そうとして、五兵衛は一日一日と、謹厳の衣を厚くまとい始める」のである。そしてやがて、「歳月の波濤《はとう》に揉《も》まれ、習慣の反復に押し均《なら》され、やがて五兵衛は、その矛盾を事ともしなくなって」ゆくのだった。

しかし、読みすすめていくうち、秘密は自己崩壊を防ぐ最後の砦なのかもしれない、と思い至るようになる。「なあんだ、みんなこうして自分のうちで折り合いをつけて生きているんだ」と。また同時に、他人の内心などわかろうはずがないという見識も用意されていた。

人は長くつき合っていると、相手のことがわかっていると錯覚しがちである。だが、真実は本人にしかわからない。わかったつもりになっているだけなのだ。だから、他人の胸中について訊《き》かれても、わかったようなことを口にしないのが礼儀と心得ている。

私が友人と呼べる人を持てたのは、私がその人たちの〝秘密〟を深入りして語らなかったからだろうし、彼らもまた私の〝内心〟を不用意に他人にしゃべらなかったからだと思わないではいられない。

◇人間の本性は何気ない所作にあらわれる

待合室の植物を枯らしている病院。店内の照明器具にホコリのたまっている料理屋。いやですね。こうしたところへは二度と足を運びたくない。いろんなことを見透かされているのに気づかないのだろうか。


《藤枝梅安が駕籠《かご》で帰って来た。

「あれまあ、先生。どこにいなさったのだよう」

と、おせきがいっている。

「風呂は?」

「そろそろ、わくころだがね」

「長い間、すまなかったね。ほら、これは、いつものとは別のごほうびだよ、婆さん」

「あれまあ、すみませんねぇ、先生……」

おせきは、梅安の入浴がすむまで帰らなかった》

（「殺しの四人」『殺しの四人　仕掛人・藤枝梅安』）

おせきは、鍼医者《はり》・梅安の身の回りの世話をしている婆さんだ。といって、物語のなかで、目立ったはたらきをする存在ではない。だが、正太郎のペンは、慈愛をこめて、たびたびこの老婆に言及するのであった。こうすることで、おせき婆さんだけでなく、梅安の人柄を浮きあがらせる狙いがあったのである。

この日、梅安は久しぶりに帰宅した。留守中、おせきは、梅安がいつ帰ってきてもいいように毎日、支度をして待っていた。梅安はそれを知っている。だから、「いつもとは別のごほうび」を持って帰るのである。

仕事それ自体に貴賤《きせん》はない。が、それぞれの仕事ぶりにおいて一流とそうでない人がいる。一流はまわりが見えている。人の気持ちを察することにおいて長《た》けている。ちょっとしたことで、人間の人柄や正味を探ってしまう。

《烈しい驟雨《しゅうう》の中を、別段に足を速めることもなく、悠々《ゆうゆう》として去った侍の後姿を、平蔵は門の屋根の下から見送り、

（よほどに、できた人《じん》らしい）

（「雲竜剣」『鬼平犯科帳』）

と、おもった》

にわかに雷鳴がとどろき、土砂降りとなった。しかし、その侍は、悠々と歩いている。雨宿りの場所を探して小走りすることもない。長谷川平蔵が軽く会釈をすると、侍も編笠の内から会釈を返す。平蔵はこれだけで、その侍を「できた人」と看取する。

正太郎は、登場人物の日々の暮らしぶりをしばしば書き込んだ。何気ない習慣や好悪の情に、人間の本性があらわれると知っていたからである。

おうおうにして天下取りについて書く作家は、主人公および敵対する相手の計略や思惑しか描こうとはしない。何をコンプレックスとしていたのか。身のまわりの世話をしてくれる献身者にどんな態度をとったのか。そうしたことには、ほとんど言及しない。正太郎は、日々の暮らしぶりのなかにあらわれるちょっとした態度や感情のこまかな動きを丹念にスケッチした。このことによって、人物は人肌の湿感をもってリアルに立ちあがった。

人望ある人は、いかなる気組みを持っているか。池波小説は、そうしたこともさりげなく教えてくれる。

◇他人の気持ちをおもんぱかる

正太郎は気に入った料理屋を贔屓《ひいき》にした。はたらきぶりを吟味し、人柄まで食って旨《うま》い、そんな店に足繁く通った。盆暮れに行ったときは、こころづけをポチ袋に包んで店の人たちに渡した。正太郎は書いている。

「人の好意というものは、かたちに出してあらわさないと通じない。これは男女の愛情にしてからがそうだ。いかに胸の内だけでおもいつめていてもダメだ」(『東京の鮨』『小説の散歩みち』)

クレジットカードは持たなかった。どうしてかと訊《き》いた人がいる。「チップを渡せないから」というのが理由であったという。

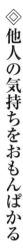

周囲にことのほか気を配る人だった。店に客が混んできて席がなくなりそうになると、すぐに席を立って譲った。入ってきた客と店への気配りからだ。

よその国や地方の料理にたいして無邪気に批判するのもきびしく自戒した。食べ慣れぬものを口にして、「口に合わない」とか「まずい」と文句をいったこともない。

《私は、他国や他家の料理や食物の悪口をいわぬようこころがけている。

これほどに愚劣なことはない。

人の好みは千差万別で、それぞれの国、町の風土環境と、人びとの生活によって、それぞれの好みがつくられるのだ》

（「京の町料理」『食卓の情景』）

地方によって作り方が異なるものといえば、お正月の雑煮《ぞうに》である。

四角い餅に丸餅。醤油味にするか味噌仕立てにするか。野菜を入れるところもあれば、魚類を入れるところもある。香川のほうでは小豆《あずき》あんが入った丸餅を食べる。千差万別だ。

しかし、この〝いっぷう変わったお雑煮〟をあざ笑う者がいる。

郷土料理の味は理屈ではない。その地方の歴史、地理、風土を物語っている。植物の分布も違い、獲《と》れる魚も違う。それをおもしろおかしくいうのは一興だが、悪口をいって小馬鹿にするのはよくない。その土地に暮らす者の気持ちを踏みにじるような言動は慎むべきだ。

だから、わが故郷・東京に対して、無礼な言動をとる地方出身者には容赦がなかった。「高度成長期」に地方から出てきた学校秀才たちが、のちに政治家や役人となって東京を荒らしまくったときは怒りをあらわした。

その象徴的な例が、隅田川と日本橋である。隅田川をはじめとする東京の川は工場廃水で汚染され、五街道の起点となった名橋・日本橋にはコンクリートの屋根が架けられた。見るも無残な姿にされてしまった。これらは江戸の歴史にも東京庶民の心情にも理解を示さぬ地方出身者たちの仕業《しわざ》であった。

《他国から来た政治家や木ッ葉《こ　ぱ》役人が、私どもの町々を滅茶苦茶に掻きまわし、叩き毀《こわ》してしまった》

（〔家〕『男のリズム』）

「江戸っ子」を鼻にかけているのではないし、「地方出身者」を小馬鹿にしているわけでもない。その土地に住み暮らす人がもつ文化を軽んじる他国者《よそもの》を唾棄《だき》しているのである。

そこを読み取ってほしい。

◇威張っていい人間なんていないんだ

「威張るやつは、むかしから嫌いなんだ」

山口瞳（作家）との対談で、正太郎はこう語っている。

威張る人間で品格のある人はいない。威張るやつはみんな下品で傲慢である。

その日……。

神田の、柳原土手に面した一角の居酒屋に浪人ふうの男がふらりとやってきた。

「おやじ、熱い酒をたのむ」

火盗改《かとうあらた》メの長官《おかしら》・長谷川平蔵だ。こうしたところに顔をだすときは、それらしい格好をしていくのが礼儀である。

しばらくすると、そこへ「じいさん。熱くしておくれよ」と、女が入ってきた。おさだまりの縞もめんの着物に深川髷《まげ》、莫蓙《ござ》を片手に抱えている。俗にいう夜鷹《よたか》（夜に野天で春を売る女）だ。

「おそくまで、たいへんだな」

平蔵は、こだわりもなく声をかけ、「おやじ。この女に酒を……おれがおごりだ」と、いったものである。

女が色眼をつかいはじめると、平蔵はすかさず、「おれも年齢《とし》でな。そっちのほうは、もういけねえのさ」とかわす。

「ま、だからよ、躰《からだ》があったまるまで、ゆるりとのんで行きな」

声に、情がこもっている。

「すみませんねえ」

女の眼から〔商売〕が消えた。


《そのかわり年齢相応の苦労がにじみ出た。しんみりとした口調になって、

「旦那《だんな》。うれしゅうござんすよ」

「なぜね？」

「人なみに、あつかっておくんなさるからさ」

「人なみって、人ではねえか。お前もおれも、このおやじも……」》

（「兇賊」『鬼平犯科帳』）

居酒屋のおやじは、いっぺんに平蔵に好感を抱いてしまった。このような威張らない侍を見たことがなかったからだ。

平蔵も夜鷹の女も下品でないのがいい。むしろ、なんというか、品さえ感じてしまう。なんでだろう。上品と下品の違いをいうのはむつかしい。私の筆力ではうまく伝わるかどうかいささか心もとないが、思っていることを書いてみることにする。

恵まれない人が、粗末な服を着て、伝法《でんぽう》な言葉づかいをし、品のない素行をするのは下品ではない。しかし、そうした人が、身にそぐわない上品なもので着飾っているのは下品である。さらにいうと、恵まれた人が、絢爛《けんらん》をまとい、ことさらに華美《かび》を見せびらかすのは下品だという気がする。

態度で威張る。言葉づかいで威張る。衣服で威張る。なにかにつけて人は威張りたがる。威張りン坊は、多くの人たちの営為や下支えによって自分の暮らしが成り立っていることに想像が及んでいない。だから、正太郎は、威張っていい人間なんていないんだ、とくりかえし述べたのである。

ちなみに、私の見た威張りン坊の九割五分は、野心的なプチ成金と劣等感で身の内を充満させた男性優位主義者だった。

◇嫉妬心と結託した我欲はタチが悪い

正太郎は寡欲《かよく》の人であった。

無欲ではない。

無欲は欲がまったくないことだが、生きている限り、これはありえない。だから寡欲だ。

《こうして六十年も生きて、若いときからいろいろな人を見ていると、我欲の強い人がいちばん不幸せになっていきます、結果的に。「自分さえよければ、他人はどうでもいい」という人がね》

（「収支の感覚」について」『男の作法』）

我欲の谷底には、多くの場合、嫉妬心がとぐろを巻いている。

じっさい嫉妬心と結託した我欲があれば、人はどんなどぎついことにも手を染めるようだ。陰口、妨害、追放、殺人など、歴史をひもとけば枚挙にいとまがない。

正太郎は、長谷川平蔵、田沼意次《おきつぐ》、西郷隆盛など、「嫉妬された人間」のほうへむしろやさしいまなざしを向けているが、嫉妬に狂う人間がいかに多いかということも同時にあぶりだしてもいる。

武士といえば、忠義に厚く、惻隠《そくいん》の情をもつ存在で、嫉妬とは無縁に思われるかもしれないが、それはまったくの誤解である。とりわけ上位の者が、優秀な下位の者に嫉妬する例は数しれない。

十五代将軍・徳川慶喜が勝海舟をやっかんだのはつとに知られているが、江戸城をつくった太田道灌《どうかん》などは嫉妬で身のうちを充満させた主人の上杉定正《さだまさ》に殺害されている。新選組の俊才・伊東甲子太郎《かしたろう》は局長の近藤勇《いさみ》からねたまれたし（伊東は近藤の卑怯ともいえる手口で斬殺された）、人望の厚い西郷隆盛は薩摩の実力者・島津久光に妬心の石くれをいくたびも投げつけられている（西郷は久光に流罪《るざい》を言い渡されている）。

算数が苦手な人はいても、打算的でない人はいない。

なんだかんだいっても人は自分の利得を考えて日々を暮らしている。

またそうであれば、とうぜん妬《ねた》みや怨嗟《えんさ》といった負の感情から無縁でいられるはずもない。呪詛《じゅそ》や怨恨を、みずからの裡《うち》にたぎらせて日々をすごしている人もいる。

人間は嫉妬の感情と無縁ではいられない。

情熱があれば、間違いなく羨望は嫉妬に変貌する。

嫉妬心の強い人と弱い人がいるが、どんな分野にせよ、多少とも為《な》すところあらんとする意欲の持ち主ならば、妬む気持ちはあってとうぜんの感情である。本然の情なのだ。

どんなに無縁でありたいと願っても、蔦《つた》のようにからまりついてくる。嫉妬心は、ほとんど人間の持病といってよい。

悲しいかな、人間は成長してもなお嫉妬の炎《ほむら》をゆらゆらと燃やしてしまうものらしい。それどころか、なかにはその炎を大火にしてしまい、自分自身をも燃やし尽くしてしまう者もいる。妬心で身を焦がしてしまったらおしまいだ。

嫉妬心には精神の自己調律をもって臨まなくてはならない。

焼き餅は薄焼きにする。きつね色になるくらいに軽くあぶる。だが、けっして焦がしてはいけない。心の安寧《あんねい》を手に入れたいと願うのなら、腹の底でとぐろを巻く嫉妬という野獣に広い活躍の場を与えてはならないのだ。

◇大学に行かなくてよかった

年々、植物を尊敬するようになった。

植物には尊敬という言葉を献上するのがふさわしい。移動して誰かと争うことがないし、大声をだしてわめくこともない。それでいて、われわれ人間の気持ちをなごませることに懸命になってくれる。まさに尊ぶべき存在だ。

牧野富太郎は、おびただしい数の新種を発見した「日本の植物学の父」である。

植物一筋の生涯であった。一八六二年（文久二）に土佐で生まれ、幼少のころから植物に興味を示し、小学校中退でありながら、二十二歳で東京大学に〝出入り〟するようになり、三十一歳で助手、六十五歳にしてやっと理学博士の学位を授与された。

がしかし、いかんせん小学校中退である。どれほど発見を積んでも、そこには見えないガラスの天井があり、なかなか世に出られなかった。

薄給で貧乏生活を強いられても、「ええなア。ええなア。植物ちゅうもんは、どうして、こんなにええのか、わからん。研究すればするほど、植物が美しくて神秘的で、すばらしいことが、よくわかるねエ」と、子どものように目を輝かせては標本を眺めていた。

正太郎はこの人物に興味をいだき、「牧野富太郎」として世に紹介している（『武士《おとこ》の紋章』所収）。最晩年の本人にじかに会った正太郎は、ますますその人柄と植物に向ける情熱に魅了されたようである。

牧野博士は、正太郎にこう語っている。

「私ゃ、学位や地位なぞ欲《ほ》しくないわね。一介の田舎書生牧野が、学界の大博士連中を向うに廻して、これに対抗してじゃね、彼等と大相撲をとるところにこそ愉快さがあるんだからエ。学位があれば君、何か大きな発見や手柄をたてても博士だから当たり前ちゅうことになるけん、面白くないのさ」

牧野博士の言葉に卑屈さは感じられない。それどころか、正太郎は博士のなかに、心ののびやかさを見いだしている。

正太郎もまた小学校を出ただけである。卒業するとすぐに株屋へ丁稚《でっち》奉公に入り、「正どん」と呼ばれる小僧になった。こうして早くから俗世間になじみ、正太郎は多種多様な人物標本を眺めるうち、さまざまな人生をおもいやった。それが小説家として立つときに役立った。

現代社会では、大学出の〝頭〟によく出会う。そして、行く先々で「論理」や「分析」

を突きつけられる。

正太郎は、机上の学問より路上の人間のほうに興味があった。路上にはまた花鳥風月があり、それらにつつまれた生活をぞんぶんにたのしむのだった。

「大学に行かなくてよかった」

正太郎は、折にふれてしみじみとこう洩らした。「頭でっかち」になり、暮らしのなかで大切なものを見失っている人間をたくさん見てきた末の感慨であった。

余裕《ゆとり》ある生活こそが、人間を人間たらしめる。そういう思いがつよくあった。

晩年にさしかかるころ、正太郎は『原っぱ』という現代小説を書いている。東京の情趣が失われてゆくことについての心情を、主人公に吐露させた小品である。といって大仰に内面を告白するのではない。あくまでもそのセンチメントを控えめに書いた。

高層ビルと高速道路の殺風景な東京の片隅で、時代から忘れられた劇作家がひっそり暮らしている。ひとりで食事の支度をし、せっせと洗濯をする独居老人だ。自分自身に課した戒律をかたくなに守るが、それを他人に打ち明けることはない。ときに心をなごませてくれるのは大銀杏《いちょう》の青葉や、沈丁花《じんちょうげ》の甘酸っぱい芳香である。主人公は正太郎の分身であることはいうまでもないが、その名は「牧野」であった。

◇教養の人は、人間《じんかん》を生きる

「(英語)同時通訳の神様」ともいわれた文化人類学者の國弘《くにひろ》正雄先生は、仏教にも造詣が深かった。先生はよく「人間《じんかん》」という言葉をつかわれた。仏教の世界ではよく使う言葉らしい。世の中を指していうこともあったし、間柄を生きる存在としての人間に言及するときに用いることもあった。

「ジンカンの機微について学ぼうと思ったら田辺聖子さんの小説を読むことだよ」

どのような経緯からこういわれたのかまったく覚えていないが、二十一歳になったばかりの私に向かって先生はこうおっしゃったのである。

さっそく読んでみた。一読三嘆、おもしろくてたまらない。人間の気持ちをこれほど微細に描ける小説家がいたのか。感心ばかりしながら、小説『夕ごはんたべた?』を読み終えたのだった。

というわけで、田辺聖子の書くものは、エッセイも含め、あらかた読んでしまった。

いまでも手にとって眺めることがある。数日前も、ある一冊を開いてみた。赤ペンで囲まれた中に次の一節がある。

思いやり人を喜ばせてやろうという気持、それが、人間の教養あるしるしではないかと思った。夫は一流の学校を出て知識人と思われ、いい会社に勤め、とりあえず人に出世したと思われて、人生は成功したようにみえるかもしれないが、かんじんの、いちばん身近にいる妻をさえ、心楽しませることをしないのだ。

そんな男が、なんのインテリ、なんの教養人であろう。

人生でいちばん大切にしないといけない人間に、どう思われているかということさえ分らないとは、何というぼんくらであろう。

（田辺聖子『不倫は家庭の常備薬』）

正太郎は自分を職人に見立てていたから、妻には「職人のおかみさんだということを忘れぬように」とつねづね念を押していた。

豊子夫人はまめに立ちはたらいた。夫は居職《いじょく》で、なにかとものを言いつけるし、くわえて来客もひっきりなしにやってくる。気が休まるときはほとんどない。

だから正太郎は、なじみの料理屋へ妻をよく連れ出し、好物を食べさせた。

季節ともなれば、旅行にも連れていった。

正太郎ひとりで都内のホテルに泊まることもあった。宿泊の目的は、妻を休ませるためだ。

一緒にいるばかりが愛情のしるしではない。留守中、夫人はぞんぶんに羽根をのばすことができる。そのことを考えて数日間、近場のホテルに投宿した。

御茶ノ水駅に近い神田駿河台の〈山の上ホテル〉を愛した。アメリカ人宣教師で建築家でもある人が一九三六年（昭和十一）に設計したホテルだ。小さいけれど、ほどよい気品がある。友人の脚本家・井《い》手《で》雅人《まさと》にすすめられた。

時代小説家は、そばに資料がないと仕事にならない。ホテルにいては原稿は書けない。だから、文学賞の選考委員として数篇の候補作を読むときに利用した。読むだけだから、資料を見ることもない。画材を持ち込んで、趣味の絵を描くこともあった。

ホテルの料理も好んだ。朝食が充実しているし、天ぷらの「山の上」、ステーキの「ガーデン」もある。引きあげるときは、次の予約をするほどだった。むろん、自身の休養にもなった。

◇年寄りが好き

老人のなかには、世の中の変転ではなく、変わってゆく自分を見るのが愉しいという人がいる。

年をとると、思ってもみなかった自分に出会うことがある。

正太郎は初老にさしかかったとき、妻の名を呼ぼうとして、

「おい、あの……」

といったきり、わずかのあいだではあるけれど、忘れてしまったらしい。

外出先では自分の家の電話番号を忘れ、「ぼくの家の電話番号は、何番だっけ？」と、そばにいた編集者にたずね、笑われたというエピソードもある。

聞くところによると、四十代をピークに、脳細胞はどんどん死滅していくらしい。人の名前が出てこなかったり、台所へ入ったはいいが、「何しにここへ来たんだっけ？」とつぶやくこともある。

年寄りは体力や記憶の衰えを嘆くが、身につけた教養や躰に覚えさせた技能はおいそれ

とは消えない。それが老人のいいところだ。

池波小説には数多くの老人が登場するが、なかでも職人気質の年寄りはみな、人生の年輪を重ねた知恵者である。盗みの名人芸をしてみせるのも年季の入った者ばかりだ。そうした老人たちには、作者の慈愛のこもったまなざしが向けられている。

その反面、若者は颯爽《さっそう》としているけれど、清濁を併せ呑《の》めない未熟者ばかりだ。『剣客商売』の老剣士・秋山小兵衛は融通無碍《ゆうずうむげ》の練達だが、息子の大治郎は「図体は大きくとも、まだ世の中の裏表を知ってはいない」青二才である。

その大治郎に、父・小兵衛はこう言い聞かせる。

《「わしはな、大治郎。鏡のようなものじゃよ。相手の映りぐあいによって、どのようにも変る。黒い奴には黒、白いのには白。相手しだいのことだ。これも欲が消えて、年をとったからだろうよ。だから相手は、このわしを見て、おのれの姿を悟るがよいのさ」》

（「老虎」『剣客商売』）

老人を侮るなかれ。若者が思っているより思慮深いものである。

正太郎は、少年のころから老人が好きだった。

祖父や祖母、伯父や伯母、兜町《しま》の株式仲買店ではたらいていたころに可愛がってくれた老人たちの思い出をよく綴っているが、正太郎はじつに多くのことを老人から学んでいる。

中年になっても、旅先で出会った老人の、ちょっとしたしぐさや言動をスケッチしては感心している。


《年寄りはよい。

私の生活に、年寄りは欠くべからざるものだ》

（「旅の食べもの」『食卓の情景』）


子どもより、老人のほうに眼が向いた。

人生の諸訳《しょわけ》を知る老人たちの小さな表情やひとことが正太郎を謙虚な気持ちにさせた。

こうした人生態度も、私が正太郎を好きな理由のひとつである。

◇すべてのものが「みがき砂」である

人は変わる。

人は変わらない。

二つの考え方がある。じっさい「変わる人」もいれば、「変わらない人」もいる。

初代内閣総理大臣・伊藤博文は変わった。「若い時には猿みたいなクチャクチャの顔で、薄汚い奴で、人も殺している。暴力志士、暴徒ですよ。それが明治新政府になって、西郷や大久保が死んで、総理大臣になったときから全然別人のように変って」しまった（『戦国と幕末』）。民のことを考え、日本の行く末を案じる人間になった。

いっぽう、山県有朋《やまがたありとも》は変わらなかった。内相、首相、元老として絶大な力を持ったが、自分の権勢欲を誇示するばかりだった。存在は大きくなったが、器は小さいままだった。

孔子は『論語』のなかで、みずからの生涯を回顧して次のように述べている。

「十有五にして学に志す。三十にして立つ」

十五歳で世界に対する解釈を学びはじめ、三十歳でそれを習得する。

「四十にして惑わず。五十にして天命を知る」

四十歳で惑いがいっさい消え、五十歳で天命を知る。

「天命を知る」とは、いったいどういうことか。

『論語』研究の第一人者・宮崎市定《いちさだ》は「人間の力の限界を知った」と解釈している。世界のことや自分のことを理解したつもりになっていたが、五十歳になってはじめて、それはたんなる思い込みにすぎないのではないかという疑念にとらわれたというのだ。世界や自分自身を知ったつもりでいたが、じつは天によって生かされていたことに気づくのである。「生かされている自分」に気づくか気づかないかで、人は変わったり変わらなかったりする。

世間で名が知られるようになると、人はうぬぼれて独善的になりがちだ。ひとりよがりは、創造する人間の、いちばんの敵である。

その陥穽《かんせい》に正太郎は気づいていた。だから、自分を戒める言葉を持っていた。

いわく、まわりのすべてのものを「みがき砂」とすべし。

「人間の一生は、半分は運命的に決まっているかもしれない」が、残りの半分はその人自身の問題である。自分にみがきをかけようとするか否か。それがいちばん肝心なところだ。そうした構えを持たぬと、人生は「いたずらに空転することになる」——若者たちにこう助言した。

人間は他者との関係によって生きている。人間とは、人間関係あっての生きものである。どんなに才能に恵まれていても、周囲の人に嫌われてしまったら、自分を活かすことはできない。

小説家は自宅にこもって書くから、ひとりよがりの、思いあがった文章を書きがちだ。だから正太郎は折にふれて、芝居の演出をみずから買って出た。

演出家は、役者のみならず、舞台装置家、音楽家、照明係など、芝居にかかわるすべての人とうまくやらなくてはならない。そうすることで、自分を客観視できる。横柄になってはいないか。相手の気持ちを察することができているか。

「稽古のとき、梅幸《ばいこう》はぼくのことこう思っているな、松緑《しょうろく》はこう思っているな、羽左衛門《うざえもん》はこう思っているなと全部わかるからね、ぼくは。役者の肚《はら》の中が。それがやっぱり自分のこやしになるわけです」（〔目〕『男の作法』）

仕事、金、時間、家庭、さまざまな人間関係、そして衣食住のありようさえも「みがき砂」とすることで、正太郎は傲慢不遜を退けたのである。

◇うまく死にたいものだけれど、うまくゆくかしら

「不老不死」の妄想にとらわれた権力者の話はよく耳にするが、現代の「アンチエイジング」（加齢に抗しようという態度）も、その種の悪あがきといえなくもない。というのは、人間は老いるのが自然であり、致死率は百パーセントなのだから。

《「人間《ひと》は、かならず死ぬるものじゃ。死ぬる日に向かって生きているのじゃ」

〈中略〉

人間という生きものは、他の動物と同じように、それだけがはっきりとわかっている。

「その他のことは、何一つ、わからぬものよ」》

（『真田太平記』）

「いつかは死ぬ」というのは救いである。かりにある薬を服用すれば不死を手に入れられるとなったら、人間はその事態に耐えられるだろうか。病いにおかされようが、千尋《せんじん》の谷

いのではないか。

に飛び降りようが、死ねずに何百年何千年も生きるとなれば、それはもう拷問といってい

正太郎は、よく死を語った。

それは兵隊にとられた戦中派であったからにちがいない。生き残った兵隊経験者は、戦後を余生とみる意識が濃厚だったが、正太郎もその思いが強かった。

こうしたわけで、正太郎は若いうちから死を身近なものとして考えていた。五十をこえてからは、死に際しての準備を周到にやっていた。

「私も死ぬときは、しずかに、うまく死にたいものだけれど、うまくゆくかしら……」

（〈私の光景〉『新しいもの古いもの』）と書いたのは五十九歳のときだった。

死を意識することで、生が輪郭をもった。正太郎の人生が、いきいきとした生命力をたたえているのは、つねに死の照射を受けながら暮らしていたからだといってもいいだろう。

《人間は、生まれ出た瞬間から、死へ向って歩みはじめる。
死ぬために、生きはじめる。
そして、生きるために食べなくてはならない。
何という矛盾だろう》

（「食について」『日曜日の万年筆』）

老いて、死んでいくことを思えば、そのための準備をするのが当然である。しかるに、私の周囲には、ご飯が炊けない、味噌汁がつくれない、りんごの皮がむけない、キャベツがきざめない、ボタンつけができない、アイロンをかけたことがない、洗濯機をまわしたことがない……という中年男が数人いる。彼らは自分が老いても、妻が面倒をみてくれると思っているのである。妻が自分より先に逝《ゆ》くとは想像だにしていない。こういう依存心の強い男に対しては、基本的な家事全般を覚えるまで、年金などの公的援助を受けられないという制度を導入し適用したらどうかと思うほどだ。

老いれば、友人たちとのつきあいもだんだん減っていく。「ひとり減り、ふたり減り、近藤勇はただひとり」とは井伏鱒二《いぶせますじ》が晩年によく口にしていた言葉だが、どれほど頼りになる人たちに恵まれようとも、人間は最後にはひとりで死んでいく。

正太郎は、小説家として絶頂期にあった五十代の前半にこう書いている。

「死ぬことは未経験のことゆえ、怖《こわ》いけれども、いま、死んだところで、こころ残りはまったくない」（「家」『男のリズム』）

お見事。

第四章

作《さ》法《ほう》を身につける

◇師のもとで修行せよ

向上心を持たない人は、自分の明日をきょうよりも良い日だと信じることができず、ひたすら受け身の快楽に身をまかせようとする。かつての日本人は、何かに憧れ、誰かを敬い、将来の自分をそこに重ね合わせていこうとする心の習慣がごく自然に身についていた。自分よりすぐれたものに畏敬の念を持つことで、垂直的に自分をとらえ、少しでも〝上〟との距離を縮めようとした。

ところが、ある時期（一九八〇年代半ばあたり）を境にして、「学ばないことを肯定する社会」へと移行し、知性や教養に憧れの気持ちを持たなくなった。同時に、みずからの無教養に対する羞恥心もなくなった。それどころか、むしろそうしたことに開き直り、水平的に「何かおもしろいものはないか」と探しまわるようになった。

ＴＶのバラエティ番組に出演する学者たちを見てみよう。彼らはもはや視聴者の憧れの対象ではない。たいそう感情的で、常識から逸脱した人間である。むしろ欠陥のある人間として引きずりおろされている。

制作側の意図もそこにある。彼らの知性には目もくれず、間抜けぶりを拡大することでフラット化（水平化）し、そこにカタルシスを見いだす構図をあらかじめ用意している。

それと軌を一にするように、社会もまたフラット化（平板化）してダイナミズムを失ってしまった。親は子どもを厳しく躾ける垂直的関係を望まず、水平的に「愉快」を共有する〝友だち〟であることを望むようになった。一流大学の学生は手に入れた〝身分〟に安住しているし、大企業のエリートは安泰な〝地位〟に満足している。〝次〟や〝上〟を目指そうという意欲がひじょうに稀薄だ。

正太郎が生きた時代は「書生」と呼ばれる若者が数多くいた。いまの時代に「書生」と聞いてピンとくる人は少ないかもしれない。「修行」という言葉も縁遠いものになってしまった。

書生とは「学ぶ若者」である。自分は未熟であるとみなし、であるがゆえに学ぶ精神を持ち続けたいと願望する青年である。

正太郎は、長谷川伸《しん》を師と仰ぐ書生であった。みずからその懐《ふところ》に飛び込んだ。緒方洪庵《こうあん》と福澤諭吉、佐藤春夫と井伏鱒二、長谷川伸と池波正太郎などの師弟関係を見ていると、書生たちには独学者によくある臭《くさ》みがないことに気づかされる。

書生は日々、自分を相対化する術《すべ》を養っている。較べられ、叱られ、小言をいわれるからだ。

師をもたなかったら、おそらく正太郎も、長くひとりよがりの文章を書いていたことだろう。ひょっとすると世に出られなかったかもしれない。しかし、師をもつことで、自分やものごとを客観視することができた。

では、身近に師を見いだせないとしたら、どうしたらいいのだろうか。

勝手に私淑《ししゅく》することである。読書をつうじて、あるいは記録（録画・録音）されたものをとおして、自分を鍛え、生き方の軸心を決めていけばよい。

吉村昭にとっての森鷗外と志賀直哉、山田風太郎にとっての夏目漱石と吉川英治、浅田次郎にとっての司馬遼太郎と三島由紀夫などがそのいい例である。彼らは読書をつうじて偉大なる他者との静かな対話をくりかえしおこなって自己を形成し、みずからの創作に励んだのである。

いまは YouTube や TikTok といったSNS（ソーシャル・メディア）をつうじて師と出会えるチャンスがある。その気になれば、国境だってたやすく越えられる。以前よりよっぽど師匠を見つけやすくなっているのではないか。いまの時代、これを利用しない手はない。情熱があるかないか。その違いだけである。

◇「段取り」を躰に覚えさせればなんとかなる

小学校を出ると、正太郎は株屋に勤めだした。しかし、それは長くは続かなかった。その後、鉄屑《てつくず》屋、看板屋の見習いになった。飽きっぽく、どれもすぐにやめてしまった。そして、また株の世界に戻った。こんどは相場に手をだすようになった。大儲けした。そして、遊びまくった。遊興三昧《ざんまい》で、いっぱしの大人を気どった。まだ十代だった。

戦争になった。出征する前、徴用令を受けて、軍用機の精密部品をつくることになった。規則正しい生活なんてしたことがない。しかも辛抱強さに欠けていた。しかし、逃げだすわけにはいかない。くわえて、正太郎は不器用であった。

《ここへ入ってみて、私は、自分の手先が、いかに不器用であるかを、はじめてさとったのである。〈中略〉同時に徴用された連中は、たちまちに卒業し、さらに、むずかしく細かい仕事へ進んでいるのに、私は三カ月もの間、この初歩的な仕事をおぼえる

ために苦しみぬいた》

（『職人の感覚』『新年の二つの別れ』）

そこへ正太郎の人生に大きな影響を及ぼすことになるひとりの指導員があらわれる。彼は粘りづよく正太郎を指導した。旋盤機械を人間あつかいして、油をさすときは「飯を食べさせる」といい、拭《ふ》き清めてやることを「化粧をしてやる」などと形容する。

正太郎は、最初のうち、この指導員のいうことをあきれ顔で聞いていたが、あまりにうるさくいうので、見よう見真似で同じようにやってみると、それまでいっこうにいうことを聞いてくれなかった機械がだんだん自分の手足のように動いてくれるようになった。

まもなくして、「手動の機械は、それをあやつる人間のこころと〔生活〕を、恐ろしいまでに反映する」ということを悟り、しばらくすると、「小型旋盤ならば池波」といわれるようになり、やがて「誰にも負けない旋盤工」になっていく。

この体験は、正太郎に「悟り」を与えた。こころの居ずまいを正してものごとに立ち向かえば、みずからが背負った不器用という負の要因を克服できるという職人の知恵に気づくのである。これが「工夫する人生」への構えとなった。

正太郎はのちに「このときの私の生活が、現在、小説や芝居の構成をするときの基盤になっている」とふりかえり、おそらくそれは「職人の感覚」を身につけたからだろうと述懐している。

職人の仕事は「段取り」である。職人は「段取りが悪いから、うまくいかなかった」と反省することがあっても、能力や才能をいたずらに問題視することがない。

段取りがまずかったら、それを経験知や身体知として次の仕事に生かせばよい。それが職人の思考法だ。

職人はまた、納期を守る。作家の納期は「締め切り日」である。締め切りは思考の圧縮装置となって、正太郎に手練と集中をうながすのだった。

正太郎は、気分転換の時間も、段取りのなかにうまく組み込んだ。散歩をしたり、映画を見たり、飲食をする愉楽も〝時間箱〟のなかに収められた。時間を流しっぱなしにするのではなく、時間を輪切りにして、そのつど気分転換をはかった。

正太郎は徹頭徹尾、段取りを躰に覚えさせるタイプの人間であった。壁にぶつかるとすぐに「能力」や「才能」を口にする若者に、ぜひとも身につけてほしい知恵である。

◇文学的啓示は、毎日机に向かう者だけに飛来する

斎藤秀三郎という人は勉学の化身であった。

知らない人は知っておいてください、すごいから。

どういう人かというと、英語の辞書をつくった人である。一八六六年（慶応二）に生まれ、一九二九年（昭和四）に没している。

日本の英語史を学ぶ者で、この人の名を知らぬ者はいない。明治大正の英語学界に「斎藤時代」を築いたほどの人物である。辞書といえば大勢の人たちが集まって共同で編纂するものであるが、秀三郎はひとりの助手も使うことなく、はじめからしまいまですべて自分の手で書きあげた。校正の細部に至るまで、余人の手をいっさい借りなかった。

毎日、机に向かう。食事もひとりでとる。遊びはいっさいしない。旅行もしない。語学を学ぶ身でありながら、海外にも出たことがない。時と所をえらばず、英語の勉強をする。宴会に顔をだしても、本を手離さない。歌い踊る者たちの横で、酒をなめながら黙々と勉学にいそしむ。まさに超然居士である。

家にあっても、時間を惜しんで机に向かう。家庭の団欒《だんらん》、そんなものはありえない。子どもは面会の申し込みをして父と話す。

こんな人だから、逸話はたくさんある。娘のひとりは自分の結婚式に父が出席することはないだろうとあきらめていた。ところが、前夜になって、出席すると言いだした。彼女はうれしさのあまり泣き崩れたという。

秀三郎には、子が七人あった。

「この子たちはいずれ結婚するだろう。となると、結婚式には出ねばなるまい。合計七日も勉強を休まねばならないのか」

こう嘆じていた。「習慣は第二の天性なり」というが、習慣もここまでいくとハタ迷惑である。

ここまでいかずとも、正太郎もまた、「習慣づける」ことをこころがけていた作家である。職人のように毎日、仕事場の机に向かい、文章を砥石《といし》にかける。五十歳のころは、午前零時ごろから仕事をはじめ、明け方の四時までつづける。そして、就寝。七時間の睡眠をとり、十一時に起きて、それから第一食。食後は一時間半ほど近所をぶらぶら歩き……という明け暮れだった。

作家になることはけっこう難しいが、作家でいつづけることはさらに難しいとされる。

ベストセラー作家、ローレンス・ブロックは、ときに偶然、作家になってしまう人がいるけれど、「そういう人が長いこと作家でい続けることはまれだ」と述べ、毎日机のまえに坐り、こつこつと書きためてゆく作家だけが成功するのだ、と断じている。

書けなくて呻吟《しんぎん》する。しかし、文学的啓示は、毎日机に向かう者だけに飛来する。

《なんといっても、自分で自分と闘わなくてはならない。

「書けない」

とおもったら、それこそ一行も書けないのだ。

その日その日に、先ず机に向うとき、なんともいえぬ苦痛が襲いかかってくる。

それを、なだめすかし、元気をふるい起し、一行二行と原稿用紙を埋めてゆくうち、いつしか、没入することができる》

（「仕掛人に憩いなし」『私の歳月』）

それであっても、書いたもののすべてが自分の手柄とはならない。

「きみね、神の助けだよ、半分は」

師・長谷川伸は、正太郎によくこう諭《さと》したという。

◇真似をしないことには、その先にある独創は見えてこない

　はじめてビートルズの音楽にふれた人びとの証言をかき集めると、「独創的だった」とか「変わっていた」という表現によく出くわす。そこでビートルズは、いきおい「伝統を破壊した」といわれるのだが、これは誤解を招きかねない言説である。

　ビートルズは、デビューするまえ、バディ・ホリー、チャック・ベリー、ボウ・ディドリー、リトル・リチャードの楽曲をカヴァーしていたし、曲づくりにおいてはジェリー・リーバー&マイク・ストーラーや、ゴフィン&キングのソングライティング・チームを手本として真似ていた。

　メンバーのひとり、ポール・マッカートニーはこう語っている。

「すべて模倣から始まったんだ。これから曲づくりを始めようという人たちにはいいヒントになるよ。模倣はすべての始まりだからね」

　これは、ビートルズが伝統の継承者であったことを示す発言といっていいだろう。「学ぶ」の語源は「真似ぶ」であるように、模倣こそが上達への近道であるということを示唆

している。ポールはまた、「作曲の技巧をはじめとする古い価値観を手放さずに、ロックンロールを受け入れるのは可能だと思った」とも述べている。

あのボブ・ディランにしてもそうだ。長いこと創作技法をわたしたちの目から遠ざけてきたが、最近では「ソングライターになりたい者はできるだけたくさんのフォーク・ミュージックを聴いて、一〇〇年前から続く音楽の形態や構造を学んだほうがいい。ぼくはスティーヴン・フォスターまでさかのぼっている」と発言、先人たちから学ぶことの大切さを力説している。〈風に吹かれて〉はカーター・ファミリーが歌ったスピリチュアル〈黒人霊歌〉からヒントを得てつくられたことや、〈時代は変わる〉がスコットランドの民謡からインスピレーションを受けて書かれたということを明らかにしている。

独創とは、「型」の模倣を基本とするものである。型をおろそかにした独創はおおかた支離滅裂であり、人はそれを〝形なし〟と呼ぶ。独創とは九十九パーセントの模倣と一パーセントのデフォルメであるといってもいいのではないか。

このことは音楽の分野だけにかぎったことではなく、文芸全般にあてはまることだろう。正太郎は、長谷川伸に鍛えられ、多くを学んだ。『鬼平犯科帳』にも『真田太平記』にも『剣客商売』にも師の影響をそこかしこに見いだすことができる。

長谷川伸の遺した言葉が、修行時代のノートに見える。

「人間というものは、ふだん悪い奴でもセッパ迫ると善いことをする。またふだん善い奴でもセッパ迫ると悪いことをする。そして、ふだんはいいことも悪いこともしている」

(「二十六日会聞書」『完本　池波正太郎大成』別巻)

やがて、この言葉は正太郎のなかで発酵して、次のような表現となって結実した。

《「人間《ひと》とは、妙な生きものよ。〈中略〉悪いことをしながら善いことをし、善いことをしながら悪事をはたらく。こころをゆるし合うた友をだまして、そのこころを傷つけまいとする。ふ、ふふ……これ久栄。これでおれも蔭《かげ》へまわっては、何をしているか知れたものではないぞ」》

(「明神の次郎吉」『鬼平犯科帳』)

この文章をはじめて読んだとき、弱年の私はほとんど恍惚とした。

そうか。人はもとより一身のうちに善と悪を棲まわせているんだな。一個の人間を善悪の二色に染め分けてはいけないんだな。こう深く納得したのである。しかし、右の文章は正太郎が書いた文章ではない。伝統や先人が尻を押して書かせたのである。

◇この世に「独創」などというものはない

日本人は上達の名人である。

仏教文化にせよ、漢字にせよ、医学にせよ、ITテクノロジーにせよ、それらを解析し、日本人に合うようにつくり変えてきた。ソトからもたらされた文明を、日本人の身丈に合う「型」に昇華させてきたのである。

こうした例を引き合いにだして、「われわれ日本人は独創性に欠ける。古くは中国、現在では欧米のものを模倣して改良するだけだ」とみずからを卑下する声がいまだに跡を絶たない。

ノーベル賞の受賞者が多いのは、独創性のあることの証明にはならないのか。アメリカ、イギリス、ドイツ、フランス、スウェーデンに次いで、日本は世界第六位である。ある調査によれば、アメリカ人のじつに七十五パーセントが日本人を「独創的」と答えている。

たしかに「独創的だ」といわれるとうれしいが、そもそもまったくの「独創」なんてものが存在するのだろうか。

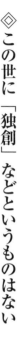

「この世に新しきものはなく、多くのものは過去から引き出されている」というのが真実ではないのか。

ヴォルテールは『省察と格言』のなかで次のように喝破している。

「独創とは思慮深い模倣にすぎない」

独創とは発覚しなかった剽窃《ひょうせつ》であるかもしれない、ということをほのめかしている。

アップルのスティーヴ・ジョブズは、画家ピカソの言葉を引用して、次のように語っている。――「よい芸術家は真似る。偉大な芸術家は盗む」とピカソがいったことがある。だから、われわれは偉大なアイディアを盗むことにおいて恥じることがなかった、と。

文学の世界を眺めてみよう。

まったくの独創的作品などというものがあるのであろうか。

じっさい、シェイクスピアの『ハムレット』にしろ、ゲーテの『ファウスト』にしろ、フォークロア（民間伝承）が原点になっているし、紫式部の『源氏物語』だって、中国にあった話をたくさん取り入れている。

フランスの歴史学者エマニュエル・トッドは「創造というのは本当にゼロから始まるものではなく、すでにある要素をこれまでにないかたちで関連づけることで生まれるもの」だと語っている。

どうやら「独創」の正体は、先人たちの営為のうえに、ちょこっとのったものをイメージしたほうがよさそうだ。

正太郎は、「独創」を次のように見立てている。

《新しい新しいといっても、究極の新しいものというものは何一つないのだ。
新しいものは、古いものからのみ生み出されるのである》

（〔京にある江戸〕『散歩のとき何か食べたくなって』）

どんなものも先人たちの影響なしにつくったものなどないというのが正太郎の考えだ。先駆者たちの作品を模倣し、継承したところに、ちょっと顔をのぞかせるのが〝独創〟というものである。それをまるごと自分の独創と考えるのは、思いあがりというものである。芸の世界にせよ、スポーツの世界にせよ、わたしたちは独創の意味と価値を改変するときにきているのではないか。

◇小説は他人の愉悦のためにある

英米のハードボイルド小説やスパイ小説に入れ揚げた。小生が、である。

もっとも、国産のものには興味がわかない。文体といい構成といい、幼稚で雑駁《ざっぱく》、九割がた途中で投げ出した。この分野における力量の違いは爆撃機と竹槍ほどの違いがある。

例外のひとつは『仕掛人・藤枝梅安』だった。

池波正太郎の代表作といえば、『鬼平犯科帳』『剣客商売』『真田太平記』ということになっているが、『梅安』はもっと評価されていい小説である。大衆小説の誇りは沈黙の読者を持つことだといった人がいるそうだが、このハードボイルド時代小説をひそかに池波小説の最高傑作と明かすファンは少なからずいる。

梅安は、矛盾そのものである。人の命を助ける鍼《はり》医者でありながら、針で人の命を奪う殺し屋だ。治療代を払えぬ貧乏人を分けへだてなく診てあげる「仏の梅安」であるいっぽう、金ずくで殺しを請け負う「仕掛人の梅安」である。

《ただ本能的に、無意識のうちに、藤枝梅安が体得していることは、

「善と悪とは紙一重」

であって、

「その見境《みさかい》は、容易につかぬ」

と、いうことであった》

（「梅安蟻地獄」『仕掛人・藤枝梅安』）


善と悪とは紙一重。

これをどう切り取ってみせるか。ハードボイルド小説のおもしろさはそこにある。スタイリッシュな描写の背後で、達成感と虚無感が濃い影を曳《ひ》くのが『仕掛人・藤枝梅安』である。筋立てのうまさはいうまでもないが、行間の豊かさが読者を陶然とさせる。

日本の小説の普及に大きな足跡を残した菊池寛は「作家が書きたくて書いているのが純文芸で、人を悦ばすために書いているのが大衆文芸だ」と述べたことがあるが、その意味でいうと、正太郎は正真正銘、多くの読者を悦ばせた作家だった。

江戸時代中期から明治初期まで、戯作《げさく》と総称される小説群があった。山東京伝《さんとうきょうでん》の黄表紙や洒落本、十返舎一九《じっぺんしゃいっく》の滑稽本（『東海道中膝栗毛』）、滝沢馬琴《たきざわばきん》の読本《よみほん》（『南総里見八犬伝』）、

為永春水《ためながしゅんすい》の人情本（『春色梅児誉美《ごよみ》』）などだ。

明治以降の近代文学は深刻な顔つきで人間性の諸問題を扱い、これら戯作を軽視したが、「うがち」「ちゃかし」「趣向」といった技法は大衆文学のなかで生き延びた。

正太郎は、英米のスパイ小説や探偵小説を好み、フランス映画のフィルム・ノワールに夢中になった。現代ふうに洗練された「うがち」「ちゃかし」「趣向」をそれらに見いだし、みずからの小説にそれらをうまく取り入れた。

わけても『仕掛人・藤枝梅安』はハードボイルド的要素の強い時代小説であるが、エンターテイメント性があるがゆえに高い人気があるということを忘れてはならない。

長部日出雄は読者を悦ばす術を知っている数少ない作家のひとりであったが、正太郎から受けた影響のなかで最大のものは「エンターテイメントの重要性と難しさ」であったと述懐したことがある。

正太郎は、自分だけがわかる、ひとりよがりの小説を書かなかった。文意が明確で、それでいてウケる文章を書いた。

小説は他人の愉悦のためにある。それをつねに念頭において書いたのが正太郎だった。

◇説明し尽くしてはいけない

物語の世界へいざなわれる心地よさは、「説明」の問題と大いに関係がある。

まずは、「浦島太郎」の物語を読んでいただこう。


湿った風に汐《しお》の香りがただよっている。

その日……。太郎はのんびり浜を歩いていた。

「む!!」

土地《ところ》の無頼ものが束になって亀をいじめているではないか。

「おい、浦島太郎と申すものだ。放してやれ」

堂々たる声に気圧《けお》されて、三人が後ずさりした。

「ふん……いいのかい小僧、そんな口をきいて」

残ったひとりが、伝法な口ぶりでいった。

転瞬、

裂帛《れっぱく》の気合いとともに、腰間《ようかん》から小枝が撓《しな》った。

「鋭《えい》!!」

「うっ……」

ほどなく、そやつの頬に、二匹の赤い蚯蚓《みみず》が浮かびあがった。

「野郎……おぼえていやがれ」

餓鬼どもは逃げるようにして、その場を立ち去った。

亀も、姿を消していた。

数日後、太郎が海辺で釣りをしていると、

「あのう……」

背後から声をかけるものがある。

「や、こないだの亀さんではないか」

亀はしきりに首を出したり引っ込めたりしていい、そのしぐさはいかにも小心者のそれであった。

「また用事か」

「ちょいとお耳を……」

話を聞くうち、太郎の顔色《がんしょく》が変わった。

「おぬし、おれを、その〔竜宮城〕とやらに案内《あない》するというのか」

とのことであった。

（冥途《めいど》のみやげ話になるやも知れぬ）

太郎は覚悟を決めた。

海底にある〔竜宮城〕はまさしく絢爛《けんらん》であった。

「さ、どうぞ……お待ちしておりました」

声の主は、汁気《しるけ》たっぷりの乙姫さまであった。その豊かな肉置《ししお》きに、太郎は瞠目《どうもく》した。

そののちのことは筆者も知らぬ。


戯れに、正太郎の文体を真似て書いてみた。不十分な仕上がりで申し訳ない。

正太郎の文章は、簡潔に尽きる。こまかく説明しないのが特徴だ。

明晰でしなやかな文章の映像喚起力はひとえに「省略」のうまさにある。説明不足は読者を路頭に迷わせるが、説明過多は読者の物語世界への没入を拒む。正太郎がしばしば「省略話法」をとったのは、表現力の欠如によるものではなく、「省略」が豊かな余韻を生みだすことを知っていたからである。これはChat《チャット》GPTでも真似できまい。

◇顔は自分でつくるもの

正太郎はフランスを愛した。それというのも、フランス映画に魅了されていたからだ。俳優はジャン・ギャバンがとりわけ好きだった。

ギャバンは端正な二枚目ではない。岩石のような顔だち。体型もずんぐりしている。なよなよした優男《やさおとこ》ではない。

《ギャバンが亡くなったとき、日本のある週刊誌に、だれかが、

「ジャガイモのような顔……」

と書いたが、とんでもないことだ。

ギャバンの顔は若いころから老年にいたるまで、実に立派な面《つら》がまえであって、前後左右、どこから見られ、どこから撮られても、

「びくともせぬ……」

顔立ちをしている》

（「あらゆる役柄をこなした役者」『芝居と映画と人生と』）

正太郎は、ことのほか男の「面がまえ」を問題にした。

世に見参《けんざん》するまでの顔は、いわば両親からもらった顔。それ以降の顔は自分でつくらねばならない。人づき合いの下積みは顔にでる。男の顔は年輪であり、いわば履歴書だ。名刺を出さずとも、顔に多くを語らせなければならない。

司馬遼太郎は、若いころの正太郎を次のようにとらえている。

「……あごが頑丈そうで、笑えば金属の義歯が一つ二つ光った。顔が、叩いてつくったようにしっかりした筋肉でできていて若々しかった。いまの若い人にあんな感じの顔をみたことがない」（「若いころの池波さん」『以下、無用のことながら』）

正直にいうが、若いころの正太郎の顔はあまりよくない。屈託や圭角《けいかく》がそのまんま浮きでている。ところが、四十歳をすぎたころから、剛健のなかにも温厚を蔵した精悍さが目立つようになる。小説家として一本立ちし始めたころだ。

四十五歳ぐらいから老年にさしかかるころの顔がなんともいえずによい。ジャン・ギャバンが演じたメグレ警部にどこか似ていないだろうか。威厳あふれる外貌《がいぼう》にダンディズムさえ感じられる。

ところで私は、「顔の似ている人は性格も似ている」という乱暴な仮説の持ち主だ。さらにいえば、表情が似ている人は同じような趣味嗜好《しこう》があるような気もする。

好きが昂《こう》じて、正太郎はギャバンに対談を申し込んだ。すると、会ってもいいという返事がきた。しかし、そのあとすぐにギャバンは急死してしまう。

あきらめきれず、正太郎はギャバンと「架空対談」をおこなった。はからずも「顔の似ている人は性格も似ている」ことを〝証明〟することになった。

二人は互いの趣味が一致していることをたしかめ合った。

女の顔はどうであろうか。これが、はっきりいってわからない。女は、どんな女も顔における自惚《うぬぼ》れを内心に秘めているという。容貌をほめられると、まんざらでもないという表情を浮かべたりする。ここを褒《ほ》めてほしいというアピールも陰に陽にする傾向もある。だから女の顔は、履歴書ではなく、請求書なのかもしれない。

◇顔の力を軽視するな

西郷隆盛の大物ぶりを伝えるエピソードはたくさんある。

勝海舟は『氷川清話』のなかで、「おれは、今までに天下で恐ろしいものを二人見た。それは横井小楠《しょうなん》と西郷南洲《なんしゅう》（隆盛）だ」と述べて、胆識と誠意をもって難事にあたる西郷に瞠目《どうもく》している。熱狂から距離をおき、冷徹な目を手放すことのなかった福澤諭吉ですら、「西郷は天下の人物なり」と最大級の讃辞をおくっている。

西郷《せご》どんは、ブラック・ホールのような存在といおうか、近寄ってくるものをみんな呑み込んでしまう。その中核には敬天愛人（天を敬い人を愛する）につつまれた「無私」があり、人びとはいつのまにかその威徳に抱きすくめられてしまう。

多くの作家が西郷について語っている。多かれ少なかれ、どの西郷も神聖かつ虚無的な風貌の持ち主である。精神性のカタマリなのだ。

じつをいうと、私は西郷隆盛の内奥に迫るほとんどの伝記や小説に不満である。魅力の半分しかとらえていないのではないか。

西郷どんの身長は一七八センチ、体重は一一〇キロだったといわれている。当時の日本人男性の平均身長は、わずか一五五センチ程度だった。西郷どんはまさに巨漢だった。明らかに庶民の体躯とはかけ離れていた。

歴史学は西郷のカリスマ性がひょっとしたら力士のような巨体にあったのではと考えないし、小説家もまた肉体が放射するカリスマ性に着目しない。

西郷は見事な顔をしていた。西郷隆盛というと、だれもがでっぷりとした「上野（恩賜公園）の西郷さん」を思い浮べるが、その除幕式に招かれた糸《いと》夫人は「ちっとも似とらん」とつぶやいたという有名な話がある。じっさいの西郷隆盛は「男ぶりのいい人」（糸夫人）で「立派な風采」（勝海舟）であった。一枚の写真もないのは残念このうえない。ちなみに正太郎は、石川静正とキヨッソーネの描いた肖像画が実物にちかいだろうとしている。

その堂々たる巨体と見事な風貌の所有者でなかったら西郷どんの活躍も半減していただろう、と歴史学は考えない。作家たちも同様だ。

がしかし、正太郎はちがった。「悠々たる巨体と、あのすばらしい顔貌をそなえているのだから、敵も味方も西郷といったん語り合えば、たまらずに敬服した」と、その巨体と顔貌の威力に注目している。

歴史小説『西郷隆盛』を開いてみよう。若き日の西郷（吉之助）が薩摩藩主・島津斉彬《なりあきら》にお目通りしたときのことである。

《「お前が、目玉の吉之助か」
斉彬が声をかけ、
「面《おもて》をあげよ」
「ははっ……」
おそるおそる顔を上げた西郷を凝視したとき、島津斉彬が嘆賞のうめきを発して、
「世に、このような人の顔があるものか……」
と、いったそうである》
（『西郷隆盛』）

正太郎の描く西郷どんは「桁《けた》はずれの堂々たる美男」であり、「見るからに偉人の風貌」の持ち主だった。精神性をけっして軽んじるわけではないが、小説は容姿や容貌がもつ力への言及があってもいいのではないか。

◇呼び名にはよくよく気を配ったほうがいい

正太郎は人物の名前にこだわった。これと決まらなければ、書き始めることさえしなかった。

次の一節をまず読んでいただこう。

《「あのねえ、万七の前の女房を殺しにかけた起りは、いまの女房でござんすよ」

「いまの、万七の……?」

「さようさ。評判の悪い女でねえ。羽沢の元締も厭《いや》がっていなすったが、こいつ、深え義理のある芝の元締からはなしがまわって来たもので、ことわりきれなかったのさ」》

(「おんなごろし」『殺しの四人　仕掛人・藤枝梅安』)

正太郎の時代小説には、独特の用語や言いまわしがある。

たとえば、「仕掛人」である。「殺し屋」とせずに、「仕掛人」なる造語をつくった。いまではある目的のためにお膳立てをする人を指して用いるようになり、あまねく日本社会に浸透している。

右の文章に見える「起《おこ》り」はどうだろうか。通例、「発端」や「原因」の意味で用いられるが、ここでは「殺人を依頼する人」を指している。

みなさんは次のような人を、どんなふうに名づけるだろうか。


諸国を歩いて、押し込みに適当な商家や豪家を探し、家風、財産、奉公人の数、住居の絵図面《えずめん》などを調べあげ、盗賊にそうした情報を売る役。


正太郎はこれを「嘗役《なめやく》」と命名した。見事なひと刷けである。ちなみに「嘗《な》める」（＝調査する）などという動詞形もある。

盗みに関連した用語を拾ってみると、「お盗《つと》め」「流れ盗め」「急ぎばたらき」「畜生ばたらき」「ねずみばたらき」「連絡《つなぎ》」「口合人《くちあいにん》」（独りばたらきや流れ盗めの盗人を諸方の首領に紹介して、手数料をもらう人）など、数えあげたらきりがない。よくもまあ、こうした造語をうまく作品のなかに溶かし込んだものだ。

人物の命名にも気を配った。引用文にある「羽沢《はねざわ》の元締」とは羽沢の嘉兵衛《かへえ》のことで、暗黒街の顔役である。音羽《おとわ》の半右衛門《はんえもん》、白子屋菊右衛門《しろこやきくえもん》、五名《ごみょう》の清右衛門《せいえもん》、切畑《きりはた》の駒吉《こまきち》、鵜ノ森《うのもり》の伊三蔵《いさぞう》……闇の世界に生きる者たちの名は、どれもいわくありげなものばかりである。

司馬遼太郎は「池波正太郎さんは、ごく自然な意味での隠喩《いんゆ》がうまかった」と感心しているが、俗称、あだ名、異名のすぐれた命名者になれるのは、鍛えあげた観察眼をもつ者だけである。

ネーミングにこだわったのには理由《わけ》がある。それは正太郎が、作中の人物に引っぱられて物語をすすめてゆくという手法をとったからである。

正太郎は、物語の筋をあらかじめ練っておく小説家ではなかった。しかるべき名前を与え、それを手もとから解き放ち、その行方を追ってゆくという書き方をした。だから、いったん手もとから放たれるや、作者の意図はもはや及ばないこともあった。

人物が勝手に動きはじめる。「名は体をあらわす」というが、「名は宿命に殉じる」のだった。正太郎が名前にこだわったのは、こうした事情があったからである。

◎女という生きものはしぶとく生きるものよ

女を、可憐で清楚な存在と思っていた。

私の祖母は明治女だったからそれなりに控えめであったし、大正生まれの母は大声で騒ぐことをしない、もの静かな人であった。

昭和生まれの作家・向田邦子は、こんな場面をエッセイに書きつけている。

覚えているのは、鰻丼《うなどん》を頼んだのに鰻重が来てしまったときであった。母と祖母は一瞬、実に当惑したような顔をしたが、目くばせしあって、そのままテーブルに並べさせた。

「いいことにしましょうよ、お祖母《ばあ》ちゃん」

母が言うと、祖母も、

「その分、あとでうめりゃ、いいわ」と忍び笑いをして、「騒ぐとみっともないからね」とつけ加えた。

（「日本の女」『男どき女どき』）

女とは、この挿話に象徴されるように、かくも奥ゆかしい存在であると信じて疑わなかった。だが、長ずるにおよんで、女は清淑という思い込みがだんだん揺らいできた。

二十二、三歳のころだったろうか、ある女の子（彼女は二十歳ぐらい）と知り合った。最初、彼女はとても慎ましやかに見えた。しかし、つき合っていくうち、だんだん別の顔が見えはじめた。言葉づかいはぞんざいになり、態度は奔放になった。あげくは立て膝をしながら食事をする姿まで見てしまった。ひょっとしたら、女の本性は可憐でも清楚でもないかもしれない……。

コラムニストの中野翠さんは「女が羞恥心《しゅうち》というものを失ったら男よりひどいことになる。野獣化するイキオイは絶対、女のほうが強いと思う」（『毎日一人はおもしろい人がいる』）と書き述べている。

じっさい冷静な目で観察してみると、羞恥心をなくした女は大胆きわまりない。まだ羞恥心というものを身につけていない小学三年生ぐらいの男女を見比べてみるといい。女の子はもうすでに現実というものをしかと見据えている。大人もびっくりするような知恵をはたらかせるし、嘘もまた巧妙についてみせる。

三島由紀夫は「やさしさというものは、大人のずるさと一緒にしか成長しない」としたうえで、少女は「残酷」とまで言いきっている（『不道徳教育講座』）。それにひきかえ男の子は、空想のなかで遊ぶことが多く、あきれるほど幼稚だし、ひどく臆病である。男は雄々しく勇敢であれ、女は可憐で清楚であれ、というのは、じつは本質が逆であったからそう戒めるようになったのではないか。

それが証拠に、自殺するのはどこの国でも男が多いし、借金の返済に困って首をくくるのはたいてい男である。女は開き直るし、窮地でも活路を見いだそうとする。

正太郎は、小説のなかで、次のような女性観を書きつけている。

《「それにしても、女という生きものは、まったくもって、しぶとく生きるものよ」》

（『乳房』）

女を、手厳しく批判しているのではないし、いいとか悪いとか両断しているのでもない。そもそも長所は短所になりえるし、短所は長所になりえる。あくまでも、それをふまえたうえでの感慨である。

◇「男まさりの女」が好き

男はたいてい母親を大事に思っている。それが女手ひとつで自分を育ててくれたのであればなおさらである。

正太郎が七歳のときに、両親は離婚した。それで、母の実家がある浅草永住町で育てられることになった。そのころの永住町というところは職人が多いところで、大工、弓師、鍛治屋《かじや》、下駄屋などがひしめいていた。祖父（母の父）は、かんざしや帯留めの細工をする錺職人《かざりしょくにん》だった。

離婚した母は、すぐに次の縁談がまとまり家を出ていったが、離縁してまた戻ってきた。母・鈴は生粋《きっすい》の浅草っ子。馬道《うまみち》の生まれ。歯切れのいい下町言葉をつかい、ものごとを手早く片づけていく。あきらめがよく、気もまた強かった。

浅草生まれの女優・沢村貞子《さだこ》（一九〇八年／明治四十一）は、〔浅草娘〕（『私の浅草』所収）と題する随筆で、次のような思い出を綴っている。

うららかな春の暖かい日だった。土手でぼんやりと隅田川を見下ろしていると、「ようよう、姉ちゃん、ちょいと、そこのべっぴんさん」と呼ぶ声がする。ふり向くと、道路工事の人夫らしい七、八人の男が腰をおろして、弁当を食べながら、こっちを向いてニヤニヤしている。

「いつまで待っても、あの人こないよ」

「それより俺とあそぼうよう」

図に乗って、「両手で耳をおおいたくなるような、いやらしい言葉」も投げつけられる。

そのとき、貞子（本名は「ていこ」）はツカツカと男たちの前へすすみでた。

「いいかげんにおし。ここは天下の往来なのよ、娘がとおって何がわるいの。桜の花見て隅田川みて、何がおかしいのよ。誰を待っていようと大きなお世話よ、ほっといとくれ。おべんとう食べるなら黙っておたべ。行儀の悪い。女の子からかって、おかずのたしにしようなんて、ケチな料見《りょうけん》おこすもんじゃないわ」

あっぱれ。このとき、貞子は十七だった。

浅草の娘は「一本気」な気性だと沢村貞子は書いている。

正太郎の母もそうだった。一本気で、律儀で、男まさりの性分だった。

戦時下、正太郎が出征するとき、息子を「男」にし、遊びのしきたりを教えてくれた吉原のお女郎に、「長々、せがれの正太郎がお世話になりました」と律儀にお礼を述べにいっている。

正太郎は、『ないしょ　ないしょ』『乳房』『雲ながれゆく』など、女を主人公にした小説をたくさん書いている。読んでいると、正太郎は「男まさりの女」が好みであることに気づく。

映画女優でもそうだった。ジンジャー・ロジャースは「東京の下町娘のような親しみ」があって好きだったし、ジーン・アーサーには「理智的な男まさりの軽快な個性」があったので惹かれたと書いている。男まさりの女優といえばキャサリン・ヘプバーンだが、むろんのことに、正太郎の贔屓《ひいき》であった。

どうして正太郎は「男まさりの女」が好きなのか。

それは、男がか弱いことを知っていたからにちがいない。

沢村貞子は書いている。一九二三年（大正十二）の関東大震災の折、家のなかでは「殿さま」だった父が「まるで、この世の終りのように揺れ動く家のなかで、腰をぬかしてふるえて」しまい、「母に引っ張られて、観音さまの境内へやっとたどりついた」と。

女手ひとつで育てられた正太郎が、男まさりの女を好きになったのは当然だったのかもしれない。

◇「縦の会」に入ろう

正太郎はパソコンが普及するまえの作家だから、原稿や手紙はすべて手書き。しかも縦書きだった。文字は闊達な運筆。その決然たる勢いがなんともいえずよい。

私自身も、手紙はすべて縦書きである。たいてい筆ペンを使う。たまに「古風ですね」といわれる。母と姉が書道教室をやっていたこともあって、行書を見慣れていたから、真似て書いているうちにそれがくせになった。「……したく存じます」などは、すらすらとひと筆で書く。行書や草書は横書きに向いていない。縦書きだからこその流麗さがある。

ところが、この数年、驚くべき勢いで縦書きの文章が減ってきた。目にするカタログ、マニュアル、パンフレットはみんな横書きである。スマホ画面の文字もすべて横書き。縦書きの文章で情報のやりとりをしている人など、見たことも聞いたこともない。いただく手紙もほとんどが横書きだ。

正太郎は向田邦子のエッセイが好きだった。彼女もまた正太郎のファンだった。ふたりとも「むかしの暮らし」に愛着を持っており、待望の対談企画が予定されていたが、彼女の不慮の事故で立ち消えになってしまった。

亡くなる少しまえ、彼女はこうつぶやいている。引き写してみよう。


このままでゆくと、日本はいずれ横書きの国になる。

週刊誌も新聞も、区役所の戸籍謄本《とうほん》もみな横になる。縦書きは、神主さんの読む「祝詞《のりと》」ぐらいになってしまう。

それでもいいという人は幸せだが、私は駄目である。多分何を読んでも、今の明治生れの人たちが、ほとんど英語で案内の書かれた成田空港に来たように、自分の国に居ながら外国にいるような気分を味わうに違いない。だから私は、今のうちに、亡くなった某作家のひそみにならって、縦の会を作りたいな、と考えることがある。

（向田邦子〔縦の会〕『無名仮名人名簿』）


「某作家」は三島由紀夫、「縦の会」は楯の会（三島がつくった民間防衛組織）のもじりであるが、向田邦子の予想は見事的中した。日本中を席捲《せっけん》している横書きの横行ぶりを見るといい。「縦の会」が発足していたら、私も末席に加えていただきたかった。

とはいえ小生、横書きの日本語を読むのは苦にならない。どうしてだろう。私はこの三十年間、ほぼ毎日、英文に接しているが、その影響だろうか。そうでないような気がする。日本語で書かれた横書きの本を読んでも、違和感どころか、横書きで成功しているなあと思われる本も数ある。たぶん、目は上下ではなく、左右についているから疲れないのであろう。

でも、『枕草子』や『徒然草』などの古文が横書きで表記されるとなると平静ではいられなくなる。

縦書き派は、まなじりを決していう。縦書きという「伝統」や「文化」をおろそかにしてはならないと。いっぽう横書き派は、新たな文化はつねに新しいテクノロジーによってもたらされてきた、たんに「慣れの問題さ」と鼻にもかけない。

文章はいまや横書きが主流であり、文字を手で書かなくなりつつある。いつのまにか、「書く」は「打つ」に変わった。だから当然、行書で書く人も減ってゆく。行書を教える人もいない。もはや行書人は絶滅寸前である。いまでさえ「古風」といわれる私は、さらにめずらしい存在になっていくだろう。昭和生まれの人たちは、おそらく縦書きの最後の世代になるにちがいない。

◇死んだ人と語り合う

読書の醍醐味は、なにより死んだ人の話が聞けることだろう。私は大杉栄によってクロポトキンを知り、ヘルマン・ヘッセの仲介でゲーテを知ったのである。いずれの人も私が知ったときは、すでにこの世の人ではなかった。私は故人の紹介で、死んだ人と出会ったのである。

『ゲーテとの対話』（エッカーマン）という書物がある。若いころ、寝る前に一話ずつ読みすすめたのであるが、あのときの悦楽にも似た興奮はいったい何だったのか。そこには当時、最高の知性といわれたドイツ人文学者のさまざまな見識が披瀝されていた。いまもときおり拾い読みすることがあるが、驚くのは引かれた赤線の数の多さである。「ただ彼（ゲーテ）とつきあっているだけで、別に彼がたいしたことを口にしない時ですら、私の得るものは大きいだろう。彼の人柄、その身近にいるというだけで、彼が一言も口をきかない時でさえ、私には教養的《ビルデント》なことにおもわれる」というエッカーマンの観察や、「われわれの文学は、……もしこの強力な先駆者たちがいなかったなら、今日《こんにち》あるような発展をとげてはいなかっただろう」というゲーテの省察などに線が引かれている。どうやら若い私は、エッカーマンやゲーテの「教養」を身につけたいと願ったようである。

正太郎も、死んだ人の本をたくさん読んでいる。そうすることで、連綿とつづく日本人の精神を学ぼうとしたようだ。むかしの日本人は何を大切にし、何を美しいと考えたか。時代小説家・池波正太郎は、そうしたことに強い関心を向けていたようだ。

気力が萎えて仕事がすすまない。そんなとき正太郎は、書庫から『浄瑠璃素人《しろうと》講釈』(杉山其日《そのひ》庵《あん》)を取り出しては読んだ。そこには浄瑠璃の名人たちが芸に打ち込む姿が描かれていた。

「私は義太夫節を知らぬし、本巻に登場する名人たちの芸を味わったこともないが、読むたびに、何か目に見えないところから太い棍棒《こんぼう》が出て来て、自分の脳天《のうてん》をなぐりつけられたようなおもいがする」と語り、「われ知らず目の中が熱くなり、気力がわいてくる」と述べている。

一九四五年(昭和二十)十月、戦後まもない時期に柳田國男は『先祖の話』という本を刊行した。ここでいう「先祖」は戦没者のことであり、戦争で亡くなった人たちの魂がどこへいくのかということに関心を向けて書かれている。

柳田が力説しているのは、日本人の死後の観念、すなわち霊は永久にこの国土に留まって遠方へは行かないという信仰が根強くあるということだった。この本の筑摩叢書版に桜井徳太郎（民俗学者）が本作品の意義を、次のような的確な言葉で言いあらわしている。「現実に肉体は滅びても、必ず一家の先祖となって子孫の行方を見守ってくれる、決して犬死とはならない。そこに日本人の祖先観が淵源《えんげん》していることを声を大にして叫びたくてならなかった。その叫びが、本書全体の底流を形づくっていることは、本書を通読したもののの斉《ひと》しく抱く読書感であろう。柳田はまた、そのことを実証するために、全精力を投入して多くの民俗的事実をあつめてもいるのである」

祖先とともに生きているという認識、つまり命の連続性のなかで生きているという文化が、わたしたち日本人にはあるというのである。

正太郎の書いた時代小説のほとんどは、家庭小説、一族小説である。歴史小説も、たんに事績を追うのではなく、死者の声に耳をかたむけ、それを代弁しようと努めている。

死者に寄り添うことができなければ、正太郎はペンをとらなかった。逆をいえば、死者と語らうことによって、物語は輪郭をもったのである。これは池波小説を読み解くうえで見逃してはならない点であろう。さらにいうと、正太郎が身につけた「教養」の大半は、先祖との対話のなかで培われたものであった。

◇蘊蓄《うんちく》はつまらない

けっきょくのところ、蘊蓄はつまらない。情報の域をでないからである。

学校の歴史教科書がつまらないのは事実しか書いていないからだ。血肉になっていない知識は、知らないのとほとんど一緒である。

歴史小説が既成事実の積み重ねに終始していたら、それは歴史であって小説ではない。歴史小説のおもしろさは、事実の切り取り方とその背後にひそむ〝未発見の事実〟を示唆したときにこそある。

過日、気の置けない者が数人あつまって、他愛のない話に興じた。やがて話題は「髪型」に移った。うちのひとりは、若いときに禿《は》げあがってしまった蘊蓄の人である。

「江戸時代より前は、ほとんどの女性は髪を後ろに垂らしていた。女の髷が広まったのは江戸になってから。髪を結いあげるには、櫛《くし》と笄《こうがい》（髷をかたちづくるときに使う棒）が必要となる。簪《かんざし》が登場するのは江戸中期。いちばん高価なのが鼈甲《べっこう》で、吉原の花魁《おいらん》がつけていた」

ふーん。じゃあ、男の丁髷《ちょんまげ》は……どうしてあれを「ちょんまげ」って呼ぶようになったのか。

すかさず蘊蓄の人は教えてくれる。

「髷のかたちが〽（ちょん）の字のように見えたからちょんまげ」

ほう。では、なぜあのようなヘンな髪型になったのか。

蘊蓄の人はいう。

「兜《かぶと》をかぶると頭が蒸れるだろ。それで剃《そ》ったんだ」

だったら、丸坊主にすればよいではないか。そっちのほうが手間が省ける。

「知らん」

わざわざ頭髪を、額から頭頂部にかけて半月形につるつるに剃って（もしくは毛を抜いて）、側頭部をひたすらに伸ばし、その伸ばした髪を後ろで束ね、棒状にして剃ったてっぺんに載せる。なんでこんなことをしたのか。

何かの恥辱プレイか。現代に暮らすわたしたちは、そう考えて当然である。

さらにいうと、武士だけでなく、町人までもがこの髪型を真似するようになったのはどういうわけか。あれをかっこいいと思ったのだろうか。

これに関して、正太郎は何もいっていない。残念至極である。ぜひともこの難問に対する答えを聞きたかった。

しかたないので仮説をひとつ立ててみよう。

――ある武将の頭のてっぺんが禿げあがってしまった。何につけても、枯れるのは精力の減退を意味する。それを見た家来たちは、殿に恥をかかせてはならぬと、おのれの頭頂部を剃ってしまった。殿の側頭部にはまだ毛があり、それを伸ばし始めると、家来たちは否応もなく忠誠心の証しとしてこれにならった。ならば、ここまでできるかなというわけで、殿さまは、伸ばした髪を後ろで束《たば》ね、棒状にして頭頂部にのっけてみた。これは高等技術を要する、たいへん難度の高い髪型である。忠誠心をためされていると思った家来たちは、なにがなんでもやってみせようと決意した。主人と家来による固い絆は、やがて全国に美談として伝えられた。芝居でも人気役者が〝丁髷〟を結って舞台に出た。町娘たちはとうぜんその奇抜な髪型を「粋」に感じた。若い男衆がそれを見逃すはずはない。それで町人までもが競って真似するようになった……。

丁髷は一八七一年(明治四)、明治新政府よって断髪令が出されるまで続いた。

禿頭《とくとう》の蘊蓄は、ぽつりといった。

「はっきりいって、おれは薩長を呪《のろ》っている」

蘊蓄よりも、このつぶやきのほうがおもしろかった。

あとがき

「こうした本はあれこれ考えて書くとつまらない。頭で書かず、躰で書いてほしい」

本書の執筆にあたり、夕日書房の山野浩一社長は、慈愛に満ちた温顔でこう助言してくださった。

じっさい書きあぐねていると、たいてい頭で書いていた。読み返してみると、難渋で、かつまた説教くさい。いかんなあ。そう思って姿勢を改め、また机に向かうのだった。

こうして書きあげられたのが本書である。ともすると理屈に走りがちな私を戒めてのことであったと、いまさらながらに感謝している。

正太郎もまた、頭で書くというよりも躰で書くことを自分に言い聞かせていた人であるが、あれこれ理屈をこねくりまわしても人には伝わらない、自分の裡《うち》からでた言葉だけが人に伝わる、という信念があったからだろう。

職業柄、日ごろ、若い人と話すことが多い。

青年はわが身を抑えがたく、背伸びをして、世にはたらきかけ、人と交わろうとする。そこへはとうぜん失敗《しくじり》がついてまわる。しかし、一度や二度の挫折で世間に背を向けてしまう若者がいる。拗《す》ねて、いじけて、怠惰な野心をくすぶらせている。

なんともったいない。人生は、考え方ひとつで灰色にもなるしバラ色にもなる。なんとかそれを知恵者の言葉で伝えたい。その一心でペンを走らせた。池波正太郎の「粋な言葉」は、ナヤミちゃんやクノウくんにも役立つものと信じている。

小著は、人生の夕暮れどきをたのしんでいる初老の男の「問わず語り」にすぎないが、生きるヒントとなるような言葉と出会えたのなら、望外の幸せである。

最後に、執筆の機会を与えてくださった山野社長には心よりお礼を申しあげたい。

読後、「うん、これならいい」といってくれるだろうか。

著者

参考文献

『ゲーテとの対話（上・中・下）』エッカーマン／訳：山下肇（岩波文庫）1968－69年
『先祖の話』柳田國男（筑摩叢書）1975年
『父の詫び状』向田邦子（文春文庫）1981年
『小説家の休暇』三島由紀夫（新潮文庫）1982年
『谷崎潤一郎随筆集』谷崎潤一郎／篠田一士編（岩波文庫）1985年
『男どき女どき』向田邦子（新潮文庫）1985年
『私の浅草』沢村貞子（新潮文庫）1987年
『朝日の中の黒い鳥』ポール・クローデル／訳：内藤高（講談社学術文庫）1988年
「オール讀物　池波正太郎の世界」6月臨時増刊号（文藝春秋）1990年
『散歩（「日本の名随筆」別巻32）』川本三郎編（作品社）1993年
『ふるさとへ廻る六部は』藤沢周平（新潮文庫）1995年
『戦中派虫けら日記』山田風太郎（ちくま文庫）1998年
『以下、無用のことながら』司馬遼太郎（文春文庫）2004年

『星からの宅配便』ベルベル・モーア／訳：小川捷子（サンマーク出版）２００４年
『毎日一人はおもしろい人がいる　よりぬき』中野翠（講談社＋α文庫）２００５年
『とっておきの東京ことば』京須偕充（文春新書）２００６年
『日本の美意識』宮元健次（光文社新書）２００８年
『新版　福翁自伝』福沢諭吉／校訂：昆野和七（角川ソフィア文庫）２００８年
『東京の消えた地名辞典』竹内誠編（東京堂出版）２００９年
『江戸東京　残したい地名』本間信治（自由国民社）２００９年
『ぼくが真実を口にすると　吉本隆明88語』勢古浩爾（ちくま文庫）２０１１年
『無名仮名人名簿』向田邦子（文春文庫）２０１５年
『百閒随筆Ⅰ』内田百閒／池内紀編（講談社文芸文庫）２０１６年
『地名崩壊』今尾恵介（角川新書）２０１９年
『お金の日本史　和同開珎から渋沢栄一まで』井沢元彦（ＫＡＤＯＫＡＷＡ）２０２０年
『お金の日本史　近現代編』井沢元彦（ＫＡＤＯＫＡＷＡ）２０２１年
『日本語の技術――私の文章作法』清水幾太郎（中公文庫）２０２２年

著者紹介

里中哲彦（さとなか・てつひこ）

一九五九（昭和三十四）年生まれ。早稲田大学政治経済学部中退。現在、河合塾英語科講師。著書に『ずばり池波正太郎』『鬼平犯科帳の真髄』『鬼平犯科帳の人生論』（以上、文春文庫）、『鬼平犯科帳を極める ザ・ファイナル』（扶桑社）、『はじめてのアメリカ音楽史』（共著、ちくま新書）、『教養として学んでおきたいビートルズ』（マイナビ新書）、『英文法の魅力』（中公新書）。編著に『アフォリズムの底力』（プレイス）、訳書に『名言なんか蹴っとばせ』ジョナソン・グリーン編（現代書館）ほか多数。

池波正太郎《いけなみしょうたろう》　粋《いき》な言葉《ことば》

2023年5月30日　第1刷発行

著者　里中哲彦

発行者　山野浩一
発行所　株式会社夕日書房
〒251-0037　神奈川県藤沢市鵠沼海岸2-8-15
電話・FAX　0466-37-0278
https://www.yuhishobo.com

発売　株式会社光文社
〒112-8011　東京都文京区音羽1-16-6
電話　書籍販売部　03-5395-8116　業務部　03-5395-8125
https://www.kobunsha.com/

装幀　ヤマシタツトム
ロゴデザイン　ささめやゆき

印刷・製本　中央精版印刷株式会社

ISBN 978-4-334-99016-9

夕日新書＊好評既刊

働くことの意味　中沢孝夫

２０２２年９月刊

著者は、高卒から郵便局で働き始め、その後、全逓本部勤務となり、地道な勉強を積み重ね、45歳で退職。と同時に立教大学法学部へ進学。北岡伸一ゼミで学び、卒業後はモノ書きになり、やがて大学教授へ。海外も含めた２０００を超える中小企業の調査をもとに、自身の体験を織り交ぜながら、働くこと、学ぶこと、そして生きることを綴るリアルな仕事論。

定価（本体１０００円＋税）　ISBN 978-4-334-99013-8

発行：夕日書房　発売：光文社

夕日新書＊好評既刊

ただ生きる　勢古浩爾

２０２２年９月刊

人はなぜ、何のために生きるのか。人生の往相では善く生きるために苦悩し、さまざまな努力を重ねた。でも、七十も半ばを過ぎた人生の還相では、もう余計なものは欲せず、余計なこともしない。「ただ生きる」でよいのでは？　三度の飯をありがたくいただき、一日一日を心静かに暮らす。穏やかで満たされた日々のための、ちょっと前向きな人生論。

定価（本体１１００円＋税）　ISBN 978-4-334-99012-1
発行：夕日書房　発売：光文社

夕日書房◆好評既刊

沈黙を生きる哲学

古東哲明

２０２２年12月刊

仕事がうまくいかない。病気がつらい。勉強が手につかない。人間関係に翻弄される。人生にゆき暮れることは誰にもある。そんなときは、静かに目を閉じ沈黙してみよう。いつのまにか、問題を解消してくれる。でも沈黙は、無言になることではない。大切なことは、いつも沈黙のなかで起きてきたはず。それは、沈黙こそが、唯一、存在（実在）に触れる態度だからだ。存在倫理の新しい地平を拓く、深く静かな論考。

定価（本体２０００円＋税）　ISBN 978-4-334-99014-5
発行：夕日書房　発売：光文社